SV

Band 1252 der Bibliothek Suhrkamp

René Depestre

Hadriana in all meinen Träumen

Roman

Aus dem Französischen von

Rudolf von Bitter

Nachwort Hans Christoph Buch

Suhrkamp Verlag

Originaltitel: *Hadriana dans tous mes rêves*

Die 1990 im Claassen Verlag erschienene Übersetzung
wurde für diese Ausgabe vom Übersetzer neu durchgesehen.

Erste Auflage 1997

Druck: Nomos Verlagsgesellschaft, Baden-Baden
Printed in Germany

Für Nelly, Paul-Alain und Stefan.
Dem Gedenken an
André Breton und Pierre Mabille

Uns bleibt nur eines gegenüber dem Tod,
Kunst zu schaffen zuvor.
René Char

Jacmel, die Legende, die Geschichte, die sterblich verliebte Liebe haben mir die Personen dieses Romans eingegeben. Jede Ähnlichkeit mit lebenden oder anderen Menschen, die tatsächlich oder fiktiv gelebt haben, kann allenfalls ein skandalöser Zufall sein.

Erster Satz

Erstes Kapitel

Balthazar und die sieben Zwetschen der Madame Villaret-Joyeuse

... Herr, mehre über uns die Verzweiflung,
doch knüpfe darein unser Vermögen,
lauthals zu lachen.
James Joyce

1

In jenem Jahr am Ende meiner Kindheit lebte ich in Jacmel, einem Ort an Haitis karibischer Küste. Nach dem Tod meines Vaters waren meine Mutter und ich aus der Avenue La Gosseline zu einem Onkel mütterlicherseits gezogen. Seine Einkünfte als Untersuchungsrichter ermöglichten es ihm und seiner Frau, eine geräumige und helle Wohnung in der Rue des Bourbons im Viertel Bel-Air zu bewohnen. In den drückenden Stunden freier Nachmittage nahm ich meinen Kummer an die frische Luft auf dem Balkon des Holzhauses. Ich hielt Ausschau nach dem Ereignis, das meine Phantasie auf eine Spur des alltäglichen Unwirklichen lenken würde. An einem Sonntagnachmittag im Oktober erregte ein Auto meine Aufmerksamkeit. Langsam fuhr es durch unsere Straße. Aus der Entfernung erkannte ich zwei Personen.

»Was siehst du da?« fragte Mam Diani.

»Ein Auto mit offenem Dach.«

»Wem gehört es?«

»Ich seh es zum ersten Mal.«

»Ach so? Und wer sitzt drin?«

»Eine Dame und ihr Fahrer.«

»Eine Dame läßt sich bei dieser Hitze spazierenfahren?«

Das Auto näherte sich mit einem eleganten Surren. Schon waren die Nachbarn, meine Mutter und ich auf den Veranden und an den Fenstern auf beiden Seiten der Straße zur Stelle.

»Ein Cabriolet, eine Limousine, ein Coupé?« fragte meine Mutter.

»Ein Cabriolet, perlgrau, nagelneu!«

»Und die Dame, Herrgott, wer ist das?«

»Meine Patin, Madame Villaret-Joyeuse. Ti-Jérôme ist am Steuer.«

»Gnade deinem Mundwerk, Patrick! Germaine Muzac liegt auf ihrem Totenbett!«

Ich sah das traumhafte Auto mit eigenen Augen. Ti-Jérôme

Villaret-Joyeuse trug ein beigefarbenes Hemd aus Tussahseide, eine marineblaue Hose und einen Panamahut. Er hatte seinem Gesicht eines karibischen Schlitzohrs die tragische Maske eines Negers aufgesetzt, der einen fürchterlichen Auftrag erledigt. Seine Mama saß auf dem Rücksitz in der Mitte. In der einen Hand hielt sie einen großen chinesischen Fächer, in der anderen ein Batisttaschentuch. Sie trug ein malvenfarbenes Kleid mit einer Halskrause aus Spitzen und einer silbernen Brosche als Verschluß. Die Organdyvolants an den Ärmeln reichten bis an die Ellenbogen. An einer goldenen Kette hing ein Kreuz aus Elfenbein. Ihre Ohrringe und Armreifen funkelten. Sie war barhäuptig und sorgfältig frisiert. Sie hatte die Lippen, Nase und Wangen eines gesunden Menschen. Doch ihre geschwungenen und starken Augenbrauen wucherten bis in die Stirn und um ihre Augen. Sie formten ein Nachtpfauenauge, dessen Fühler, Saugrüssel und Flügel mit ihren silbrigen Schuppen man deutlich sehen konnte. Es war eine Art venezianischer Maske, eine Halbmaske aus Velours oder Satin. Zu welchem Maskenball mochte meine Patin in der unsäglichen Hitze von drei Uhr nachmittags unterwegs sein?
»Barmherziger Gott! Gnade und Barmherzigkeit!« rief meine Mutter, bekreuzigte sich und blickte verstört zu mir.
»Geh runter, Patrick, und folge ihnen.«
Ich gehorchte sofort. Das Auto bog in die Rue de l'Eglise in Richtung Nordseite der Place d'Armes. Die Leute auf den Balkonen und Loggien erstarrten vor Bestürzung. General Télébec, der hundertjährige Papagei der Präfektur, der ständig den Intrigen des Marktfleckens auflauerte, fiel von seiner Stange. Er ergriff die Flucht und schrie: »Die Welt geht unter! Hilfe!«
Die Hunde der Nachbarschaft kläfften im Chor dazu. Den Präfekten von Jacmel, Barnabé Kraft, riß es brutal aus dem Nachmittagsschläfchen, und er stürzte im seidenen Pyjama zur Eingangstreppe des Gebäudes.
»Aber bitte, liebe, liebe Germaine! Bravo! Voll in Form, was?

Halt den Schnabel, Télébec, dem Standgericht entgehst auch du nicht!«
Im Café de l'Etoile des Didi Brifas blieb den Stammgästen, die auf der Terrasse Karten spielten, beim Anblick ihres Kumpanen der Mund offenstehen.
»Ti-Jérôme, verdammt noch mal!« waren die einzigen Worte, die Togo Lafalaise herausbrachte.
Der Mann schenkte diesen Anzeichen von Panik keinerlei Beachtung. Nichts auf der Welt schien ihm wichtiger zu sein als die Kurve, die er zwischen dem Platz und der Nonnenschule des Ordens der Sainte Rose de Lima entlangfuhr. Die Nonnen begrüßten das Auto mit Bekreuzigungen. Auf dem sonnenbeschienenen Hof der Anstalt warfen sich mehrere mit gefalteten Händen auf die Knie. Eine von ihnen pflückte eine Blume und warf sie über das Gitter.
Nachdem das Auto an den Bäumen der Allée des Amoureux vorbeigefahren war, erreichte es das Anwesen der Familie Siloé.
Da das Erdgeschoß unterhalb des Platzes lag, lagen die oberen Fenster des Hauses genau auf der Höhe der Esplanaden, die wir erreicht hatten. So hatte Hadriana Siloé, als sie die Jalousien ihres Mädchenzimmers öffnete, freie Sicht auf die Frau, die in der brütenden Sonne in Abendtoilette an ihr vorbeifuhr und die uns beide im Abstand von drei Jahren über denselben Taufstein gehalten hatte. Meine Taufschwester rieb sich die Augen und rief: »Patentante, warte doch, liebe Tante, ich komme herunter!« Statt bei diesen Worten anzuhalten, beschleunigte Ti-Jérôme die Fahrt zur Rue d'Orléans, die den Park der Siloés begrenzte. Ich rannte, was ich konnte, durch den aufgewirbelten Staub. Dreihundert Meter weiter unten holte ich das Auto ein, gerade vor dem Gefängnis, wo Ti-Jérôme wieder in das Tempo eines Leichenzugs fiel. Am Eingang der Strafanstalt präsentierte der vollkommen verblüffte Posten mit gewissenhaftem Ernst sein Springfield-Gewehr, als hätte die Villaret-Joyeuse einen hohen Rang bei der Gendarmerie.

Nach einer Haarnadelkurve kamen am unteren Ende der immer steiler werdenden Straße die Lagerhäuser des Hafens in Sicht. Wir passierten die ockerfarbenen Gebäude von Zoll und Steuerbehörde und erreichten die geteerte Ladefläche, wo werktags an die hundert Frauen für den Exporthandel der Brüder Radsen singend den Kaffee sortierten. Hier verringerte Ti-Jérôme sein Tempo noch mehr, als wollte er der lebenden Maske, die bei seiner Mutter die Augen ersetzte, ermöglichen, sich an dem großartigen Funkeln zu erfreuen, das die Sonne über den Kokospalmen und den Gräsern, über den Felsen in der Brandung und auf den bewegten Wellen des Golfs entzündet hatte. Es war ein paradiesisches Wetter. Ein Wetter, bei dem man ewig leben will. Bei anderer Gelegenheit hätte ein romantischer junger Mann wie ich die Schönheit der Welt mit wilden Schreien begrüßt und getanzt und sich auf die Erde geworfen vor Jubel. Statt dessen kamen mir die Tränen, und die Knie wurden mir weich, während das Cabriolet meine Verwirrung angesichts des Todes mit sich zog.
Über die beiden Straßen Rue du Bord-de-Mer und Rue de la Réunion erreiche Ti-Jérôme recht schnell das Viertel Bas-des-Orangers am Rand von Jacmel. Der Weg führte nun durch grasbewachsene und von Schlaglöchern ausgehöhlte Gäßchen, gesäumt von wahllos aneinandergereihten, verwahrlosten Behausungen. Männer mit bloßen Oberkörpern spielten Domino. Schwärme von Kindern verfolgten eine Regatta von Papierbooten auf dem Wasser einer Abflußrinne. Matronen saßen mit weit gespreizten Schenkeln auf Schemeln und lasen hilflosen Mädchen ungestüm die Läuse vom Kopf. Drei stillende junge Mütter verglichen, aus welcher ihrer sechs entblößten Brüste am meisten Milch floß. Mit der Scherbe einer Flasche rasierte ein Greis einem kleinen Jungen den Kopf. Im Schatten der Balkone brachten zusammengepferchte Familien, Hunde, Katzen und Geflügel auf haitianische Art ihren Oktobersonntag herum. Mit einem Mal beherrschte ein Schrekkensschrei die Ruelle d'Estaing:

»Ein losgelassener Autozombie!«
In dem Elendsviertel, durch das wir soeben gefahren waren, rannten plötzlich alle um ihr Leben. In ihrer Panik nahmen diese Christenmenschen die Zeit mit sich: Es hätte ebensogut halb drei Uhr nachmittags oder morgens sein können im Jahre 1938 oder 38 v. Chr. Fünfhundert Meter weiter in der Hauptstraße, an der Einmündung in die Avenue La Gosseline, wo die Villaret-Joyeuses ihr Anwesen hatten, und ganz außer Atem meinte ich den Oktobertag und das 20. Jahrhundert wieder eingeholt zu haben. Ti-Jérôme steuerte eilig durch das Portal. Ich stand entsetzlich alleine in der Unruhe des verlassenen Orts, von wo das Außergewöhnliche in unser aller Leben eingebrochen war.

2

Jacmel bereitete Germaine Villaret-Joyeuse ein ihrem Ansehen würdiges Leichenbegängnis. In den folgenden Wochen gaben die Ereignisse des Oktoberwochenendes Anlaß zu zügelloser Märchendichtung. An einem Spätnachmittag drängten wir Jugendlichen uns um eine Bank auf der Place d'Armes und hörten zu, wie der Friseur Scylla Syllabaire minuziös die Ereignisse in der Fassung erzählte, die als die offizielle und wahre gelten sollte.
Am Morgen ihres Todestages hatte Germaine ihre nahen Verwandten versammelt, um ihren letzten Willen zu erklären. Sie hatte Gott sei Dank einen wundersam ahnungsvollen Traum gehabt, der ihr enthüllt hatte, daß ein Golfstrom, der ganz so aussah wie der von Jacmel, dort oben das Paradies vom Fegefeuer trennte. Vor ihrem Abschied wünschte sie sich nur noch eines. Sich eine genaue Vorstellung zu machen von der Entfernung, die ihre Seele nach der Prüfung im Fegefeuer zurückzulegen hätte, um in die ewige Glückseligkeit einzugehen.
»Mein Liebster«, sagte sie zu Ti-Jérôme, »fahre mich im Auto

zum Hafen. Wenn ich vorher sterbe, leg auf meine Augen das Dämmerwesen, das du kennst. Ja, mein Schatz, es kommt mit mir. Laß es an meiner Stelle den Golf wiedersehen. Es ziemt sich für Königinnen, maskiert vor Christi Barmherzigkeit zu treten.« Getröstet durch diese Worte schied Germaine Muzac hin. Wie sollte man mit ihrem letzten Wunsch umgehen? Diese Frage beschäftigte in einer kurzen Diskussion den Kreis der Familie.

»Mama«, sagte Erica, »war äußerst geschwächt. In ihrer Verwirrung hätte sie genausogut von einem Flug im Ballon oder mit einem Wasserflugzeug träumen können, das sie an Petrus' Gestade gebracht hätte. Man muß darauf nicht Rücksicht nehmen.« Ti-Jérôme teilte diese Ansicht nicht. Ihre Mutter hatte ihm eine heilige Aufgabe übertragen. Er würde sie um jeden Preis ausführen, und sollte er dabei das Geburtshaus, Jacmel, die ganze Insel in Schutt und Asche legen. Unter den entsetzten Blicken der Seinen forderte er die totenköpfige Sphingide, die an der Zimmerdecke Platz genommen hatte, auf, sich über die Augen der Verstorbenen zu breiten. Als diese gewaschen, gebürstet, geschminkt und mit ihren Juwelen geschmückt war, setzte Ti-Jérôme sie auf den Rücksitz seines Autos, wo er sie mit Kissen stützte.

Anschließend schilderte Scylla Syllabaire den Ausflug vom Sonntag. Sein Bericht stimmte von Anfang an nicht mit dem überein, was ich während der gesamten Dauer der Spazierfahrt fasziniert gesehen und gehört hatte. Scylla zufolge trat der Papagei der Staatsraison dem Falter mutig entgegen und bedrohte ihn:

»Auf den Frevler, Feuer!«

In Wahrheit war General Télébec von seinem Reif gefallen und hatte eiligst die Flucht ergriffen mit dem Schrei: »Die Welt geht unter! Hilfe!« Noch vierzig Jahre danach höre ich sein Gekreisch und den Lärm der Hunde. Die Worte des Präfekten wurden ebenso entstellt. Scylla legte Barnabé Kraft in den Mund: »Gute Reise euch Lenden voll Wunder!« Schwester

Nathalie des Anges habe »dem Falter eine Rose zum Mahl gereicht, nachdem sie ihrem Geliebten Ti-Jérôme Küsse zugeworfen hat«. Beim Viertel Bas-des-Orangers habe keine Alte gerufen: »Ein losgelassener Autozombie!« Scylla sagte, er habe von einem Anwohner der Rue des Raquettes gehört, daß ein blindes Mädchen als erste der ganzen Barackensiedlung eine Warnung zugerufen habe:
»Achtung vor dem Boten des Todes!«
Der Bericht von Hadriana Siloés Auftritt war noch weiter entfernt von der Wahrhaftigkeit der Dinge, wie ich sie als aufmerksamer Zeuge erlebt hatte. Dem Friseur zufolge hatte Ti-Jérôme das Auto unmittelbar zum Stehen gebracht, als die sternenschöne Tochter André Siloés am Fenster des Anwesens erschien. Einen Augenblick danach habe sie ihrer Patin einen Abschiedskuß auf die Stirn gedrückt. Hadriana war nackt vom Scheitel bis zu den Zehenspitzen, überall wunderbar nackt. Auf alle Fälle grenzte ihr jungfräuliches Fleisch unterhalb des Nabels an ein Wunder! Der Falter war wie geblendet. Seine Fühler wurden schwach! Auf seinen Falterstreifzügen über die Inseln hatte er noch nie zwischen den Schenkeln eines Mädchens eine so majestätisch erblühte Muschel gesehen. Wenn er daran lauschte, würde er das Rauschen der Karibik hören! Auf Anhieb hatte er keine Lust mehr, Germaine Muzac ins Paradies zu begleiten. Wozu sterben? Was machte er auf den erloschenen Augen der Patin, wenn es ein so lebendiges Licht im Unterleib der Patentochter zu bedecken gab? Mit geblendeten Flügelaugen stürzte er sich in den Ruhm.
Da er nun schon dabei war, enthüllte uns Scylla Syllabaire, daß der Falter, den ganz Jacmel auf den Augen der Toten gesehen hatte, ein Christenmensch wie Sie und ich sei. Er hieß Balthazar Granchiré. Er war ungefähr zwanzig Jahre vorher in den Bergen des Cap-Rouge zur Welt gekommen. Er stammte von unbekannten Eltern, und man hatte ihn wenige Stunden nach seiner Geburt auf einer Landstraße aufgelesen. Der berühmte Zauberer Okil Okilon hatte das Kind adoptiert. An seinem

zwölften Geburtstag führte er ihn vorzeitig in die »Geheime Gesellschaft« des haitianischen Südostens, die Vlanbindingues, ein. Von da an machte die Paarungswut den Jüngling zu dem von der Liebe verwöhntesten Verführer der Gegend. Mit fünfzehn Jahren hatte er schon an die hundert Frauen verschiedenen Alters auf der Liste seiner Abenteuer. Ein wenig später verführte er die zur Reife erblühte Frau seines Adoptivvaters. Okilon rächte sich sofort für die Schmach: Er verwandelte seinen Rivalen in einen Falter und überhäufte ihn dazu noch mit Verwünschungen: »Undankbares Kind ohne Mutter, ich erniedrige dich zu einem Nachtpfauenauge von der lichtscheuesten Art der Karibik. Deine Vorderflügel seien rötlich braun mit blauen, schwarz geränderten Augen. Deine hinteren Flügel werden alle Töne von Ocker tragen, und ihr äußerer honigfarbener Rand soll mit einer malvenfarbenen Litze versehen sein. Dein Bauch sei zylindrisch mit schwarzen und zitronengelben Streifen. Du wirst einen blaugrünen Kreis um die Augen haben, und deine Iris sei die vom Habichtskraut. Deine Spannweite von 277 mm wird sogar für einen *Bizango-Falter* außerordentlich sein. Dein Flug soll eine leuchtende Linie ziehen, verzweigter und geschlängelter als der Weg des Blitzes. Deine Rückenpartie trage violett umfaßte Augen, einen kupferspatgrünen Bart, einen kanariengelben Mund, ein eckiges Kinn, aussehen soll sie wie ein weißes Schlitzohr, einen verdammten Totenkopf soll sie darstellen! Dein verflixter aufgereckter Schwengel vergrößere sich mit jeder Lüge, mit der er die gestohlenen Mösen herumkriegt. Diese verwünschte Uhrfeder soll, zur Spirale gelegt und mit Sägezähnen versehen, im Fleisch deiner Opfer einen Freudenmoment erzeugen, den jedes von ihnen auf immer in seiner Erinnerung bewahren möchte. Die alten Standuhren, die seit Jahren nicht mehr schlagen, sollen sich unter dem Einfluß deines Repetierkolbens wieder in Gang setzen, doch werden ihre Zeiger der Mondzeit der Frauen zuwiderlaufen. Du wirst mit ihnen noch blutrünstiger umspringen als die Gottesanbeterin. Du wirst sie vor, während und nach der Paarung fressen. Du wirst freudig deinen Durst an den Tränen der Jungfrauen und Witwen löschen. Einen Kilometer im Umkreis werden deine Fühler den Geruch der Regel wittern. Du wirst deinen Samen bei der Jagd nach Weibchen verschleudern. Ohne Übergang wirst du von der Milde des Kolibris zur Wildheit des bengalischen Tigers übergehen. Im Zauber deines Hosenlatzes werden die Frauen vor einem Mammutbohrer mit dem Suchkopf einer Rakete stehen. Die berückendsten Orgasmen werden Katastrophen in die schönen Leben tragen, die deinem satanischen Phallus auf Gedeih und Verderb ausgeliefert sind. Verhurter Satyr mit dem Zombiemacherzipfel, weiche aus den Gärten des Okil Okilon!«

3

Balthazar Granchiré kam zum ersten Mal im November 1936 nach Jacmel, nur acht Wochen nachdem der Zyklon Bethsabée durch einen Ortsteil gefahren war und Wunden gerissen hatte, die noch nicht verheilt waren. Er nahm seine Bleibe auf einem der Kapokbäume der Place d'Armes. In der Nacht seiner Ankunft entjungferte er im Schlaf die Zwillinge Philisbourg und Schwester Nathalie des Anges, eine der Nonnen der Sainte-Rose-de-Lima-Schule. Er befolgte erstmalig die Strategie, die er in den folgenden Monaten zur Vollkommenheit bringen sollte. Er wartete die Dunkelheit ab, um sich in die Schlafzimmer zu stehlen. Er versteckte sich im Bettzeug. War sein Opfer eingeschlafen, durchsetzte er die Luft mit aphrodisischen Reizen. Wenige Minuten darauf sprengten die Brüste die Knöpfe der Nachthemden und die Gesäßbacken die Gummizüge der Höschen, die brennenden Schenkel spreizten sich wie gewünscht, die hingerissenen Vaginen verlangten zu trinken und vor allem zu essen: Balthazar brauchte sich nur noch ans Werk zu machen. Strahlend schöne junge Mädchen, die sich unter

der Obhut der Familie jungfräulich zur Nacht gelegt hatten, erwachten schreckerfüllt, blutbesudelt, wüst entjungfert. Im Kreis der bestürzten Familie schrieb man diese selbstgemachte Defloration zunächst einer Spätwirkung des reißenden Orkans zu. (Diese Spur führte allerdings nicht weit.)
Morgens, bei der Wiedergabe der Träume, die den Schlaf der Opfer beherrscht hatten, kam die Rede oft auf die Episode eines unglaublichen Fluges. Jede erinnerte sich daran, in geringer Höhe, in einem ununterbrochenen Orgasmus und in einer Maschine, die weder Flugzeug noch Zeppelin war, bei schönstem Wetter über den Golf von Jacmel geflogen zu sein. Jede schmolz in der Erinnerung an diese Luftfahrt vor Lust dahin. Doch im Höhepunkt dieses Wunders wandelte sich das Gefährt in einen unglaublich großen geschwungenen Schlund, der alles Leben um sich verschlang.
Lolita Philisbourg kam es vor, als sei es ihre eigene süße Kerbe, die sich so himmelweit über den Golf gespannt hatte und gewaltsam den Rest ihres Körpers erfaßte. Ihre Schwester Klariklé spürte, wie sich ihr Liebestunnel unter ihr wie eine Falltür auftat, während ihr eigener Vater ihr ins Ohr flüsterte, sie hätte den Fallschirm nicht zu Hause vergessen dürfen. Schwester Nathalie des Anges erlebte, wie ihre dem lieben Gottvater geweihte Grotte es an Ungestüm aufnahm mit den schäumenden Wogen, die an der Oberfläche des Meers kochten. Das war die Visitenkarte, die Balthazar Granchiré in den Laken zurückließ.
In der Hoffnung, den Inkubus zu fassen, ehe er zur Tat schritt, saßen wachsame bewaffnete Mütter an den Betten ihrer Töchter. Doch am Morgen darauf entdeckten sie verblüfft, daß sie widerstandslos demselben Bann erlegen waren wie ihre unschuldigen Töchter. Auch sie erinnerten sich an einen Tiefflug über die Wellen, der sie zu solcher Lust hinriß, daß es ans Wunderbare grenzte.
Madame Eric Jeanjumeau beichtete dem Vater Naélo sechs Orgasmen pro Minute. Madame Emile Jonassa kam dreizehn

tobende Male nacheinander. Witwe Jastram erlebte ihre Hingabe als Klassiker der Wollust: Sie nahm sich vor, die Lust bis über den Traum hinaus in die Wirklichkeit zu retten, um sie später in ein Handbuch der erotischen Erziehung einzufügen. Im Gegensatz zu ihren Töchtern sahen sie, statt in eine Schlucht gestürzt zu werden, am Ende des Beischlafs ihr Geschlecht adrett auf einer prunkvollen Tafel angerichtet zwischen anderer prachtvoller Zehrung. Sie hörten ihre eigenen Stimmen rufen: »Monseigneur, zu Tisch! Solange es warm ist!« Germaine Villaret-Joyeuse allein sollte unter den Flügeln Granchirés ein ganz anderes Abenteuer erleben. »Und wißt ihr, warum?« fragte uns Syllabaire und zwinkerte mit jedem Auge einmal. »Wegen ihrer Lenden«, riefen wir im Chor.

In der Tat war die Beschaffenheit der Lenden der Germaine Villaret-Joyeuse in der Zeit meiner Kindheit ein unvermeidlicher Gegenstand für lose Scherze. Man sprach davon bei den Abendrunden, den Festen, bei Hochzeitsfeiern, Taufen oder Kommunionsfeiern. Das allgemeine Munkeln unterstellte meiner Patin ein ganzes Bündel von Muskeln: zwei unterhalb des Rückens, zwei am Bauch, einen links vom Magen und zwei weitere, noch stürmischere zwischen den Brüsten. Nach ihrer ersten Hochzeitsnacht trug man ihren Gatten mit einem doppelten Beckenbruch auf einer Bahre davon. »Der arme Anatole war zugerichtet wie einer, der von der Krone einer Kokospalme gefallen ist«, hatte damals Doktor Sorapal meinem Onkel Ferdinand anvertraut, dem Untersuchungsrichter, der den Schaden feststellen sollte.

Der zweite Ehemann wurde mit einigen gebrochenen Rippen ins Hospital Saint-Michel eingewiesen. Allein Archibald Villaret-Joyeuse, der dritte Gatte, sollte diesen Gefahren entgehen. Nach den Flitterwochen ging er wieder gesund und munter zu seinem blühenden Stoffhandel. Er konnte sich bestens auf die legendären Zwetschenstöße von Germaine Muzac einstellen. Seinen Spitznamen Sir Archivijoyeux hatte er verdient. In sechs Jahren machte er seiner Gefährtin acht Kinder. Er starb

an einer in der medizinischen Fakultät gänzlich unbekannten Sache: Ein doppelter Wespenstich in die Hoden raffte ihn binnen 24 Stunden dahin. Zum fünfundvierzigsten Geburtstag der Witwe hatte Rechtsanwalt Népomucène Homaire für die »Gazette du Sud-Ouest« eine vielbeachtete Würdigung seiner Kindheitsfreundin verfaßt: »Es wird ihren Reizen ein Kinderspiel sein, mit einem solchen umfassenden Schoß die Jahrtausendwende zu passieren. Die Zeugungskraft, die sie durchpulst, hat die lebhafte Frische eines Bergbachs. Der fruchtbare Schoß der Germaine Muzac, von Zauberfunken übersprühend, wird noch im dritten Jahrtausend die Liebesfreuden der Männer in goldenes Licht tauchen.« Mit solch einer Energiezentrale am Hintern, hatte mein Onkel Ferdinand hinzugefügt, wird unsere Joyeuse noch im Jahr 2043 in der Lage sein, unsere Urenkel bei den Engeln zum Jubeln zu bringen!
Unterdessen war es, nach Scylla Syllabaires Ausführungen an diesem Abend, Kamerad General Granchiré, der den Zylinderhut gen Himmel hob! Nach jedem Überflug erwachte Germaine, von ihren sechsunddreißig Orgasmen innerlich erleuchtet, rüstig lüstig mit dem Blick auf einen energiegeladenen Schmetterling. Sie schworen, einander niemals zu verlassen. Diese Verbindung gewährte den Familien eine Galgenfrist von mehreren Monaten. Man vernahm nichts mehr von dem Geheimnis der Entjungferung; von grausam gelösten Verlöbnissen; von Wonnemonden, um die verzweifelte junge Ehemänner gebracht wurden; von Aufgeboten, die Pater Naélo im letzten Moment für null und nichtig erklärt hatte.
Als sie Kenntnis erhielt vom tragischen Los, das Granchiré ihrem Schwenkrohrschoß zugeführt hatte, nahm sich Germaine vor, insgeheim mit Okil Okilon zum Zweck der Rückverwandlung des wilden Kerls in einen Menschen in Verhandlung zu treten. Gegen eine beachtliche Entschädigung könnte der Hexer Balthazar dieselbe Metamorphose in umgekehrter Richtung durchmachen lassen, die dazu gedient hatte, ihn AD VITAM AETERNAM in das Reich der liederlichen Falter zu ver-

bannen. Balthazar würde sich zurückverpuppen, in eine Larve zurückentwickeln und einem Raupenkreislauf folgen, bis er seine Gestalt und Freiheit eines jugendlichen Liebhabers wiedererlangt hätte.

Dies war der Stand der Dinge, als ein Krebs in der rechten Brust und ein Netz von Metastasen eine andere Saite im geplagten Gekröse meiner geplagten Patin anschlugen. Es kam die Nacht, in der nur mehr eine Lende blieb, die standhalten konnte – wie Leonidas an den Thermopylen gegen den Ansturm der verräterischen Geschwulst ankämpfte und gegen den der Perser, mit welchem sich die Sinnlichkeit ihres Liebhabers messen konnte. Von so viel Heldenhaftigkeit überwältigt, beschloß Balthazar, im Himmel das Fest zu verewigen, das in Jacmel begonnen hatte. Eines Abends zeigte er ihr zwischen Fegefeuer und Paradies einen Golf, dessen Schönheit nur mit der Bucht vergleichbar ist, die das Karibische Meer im Inneren von Jacmels Küste formt. Er würde über die Augen der unsterblich Geliebten seine augenbewehrten Flügel breiten und so verhindern, daß der Wind ihre Schritte vom Seeweg zum Paradies abbringe.

4

Die Darstellung Scylla Syllabaires verschlug meinen Kameraden und mir den Atem. Welch ein Talent, die Wahrheit zu entstellen! Welch vor aller Augen begangene Verdrehung der Wahrheit! Worauf wartete ich noch, die Dinge so hinzustellen, wie ich sie mit ihrer ganzen Macht im vergangenen November erlebt hatte? Damals wäre niemand in Jacmel auf den Gedanken gekommen, einem in Fahrt geratenen Scylla Syllabaire sein schlüpfriges Maul zu stopfen. Das schwärmerische Gerede, die warnenden Worte des Friseurs hatten in Jacmels Vorstellungsvermögen die Oberhand. Glaubte man nicht auch, daß Scylla in einem Junggesellenhaus drei junge Ägypterinnen gefangenhielt? Von der Höhe seiner sexuellen Ruhmestaten herab zwang er den Leuten seine Erfindungen auf. Trotzdem wagte ich es, vorsichtig die Frage zu stellen, die uns allen auf der Zunge brannte.

»Wenn Granchiré Nana Siloé ›geknackt‹ hat«, meinte ich, »dann hätte Pater Naélo in der Mitternachtsmesse des Weihnachtsabends nicht das Aufgebot meiner Halbschwester mit Hector Danoze verkündet. Es ist an der Kirchentür angeschlagen. Die Hochzeit ist auf Samstag, den 29. Januar, festgesetzt.« »Die Weißen können ein Geheimnis für sich behalten. Pater Naélo und die Danozes wissen von nichts. Hector hat lediglich erfahren, daß der Falter, seit er Germaines sieben Lendenmuskeln nicht mehr hat, erfolglos die Wunder seiner Verlobten umschwirrt. Er hat geschworen, Balthazar fertigzumachen, bevor der ihn noch aussticht.«

»Granchiré ist also erledigt?«

»Der weiß doch Bescheid. Erst letzten Samstag noch hat er die Verlobten in der Allée des Amoureux durch die Dämmerung flanieren sehen. Der junge Mann hatte ein Jagdgewehr umgehängt, angeblich ein Winchester-Repetiergewehr. Und während er seiner Verlobten ins Ohr gurrte, war sein Blick wachsam auf die Kapokbäume des Platzes gerichtet. Balthazar hat ohne Verzug das Feld geräumt.«

»Dann hätten sich also seine Spuren verloren?«

»Zur Zeit beteiligt er sich im Haut-Cap-Rouge an Exerzitien, im Heiligtum des Rosalvo Rosanfer, der der Oberst der Zobop-Brüderschaft ist. Der Rivale Okil Okilons hilft Balthazar, seine Flügel gegen die Bleikügelchen des Danoze zu schützen. Er wird nicht lange abwesend sein. Er wird unter der Flagge einer höheren Macht zurückgesprengt kommen.«

Zweites Kapitel

Der Stern, der nur einmal strahlte

Ich sah den Tod des Sterns, der nur einmal erstrahlte.
Kateb Yacine

1

In der Ausgabe vom Donnerstag, dem 11. Januar 1938, widmete »La Gazette du Sud-Ouest« unter dem Namen des Direktors Népomucène Homaire ihren Leitartikel der Hochzeit Hadriana Siloés mit Hector Danoze:
»Die bevorstehende Hochzeit der jungen Französin Hadriana Siloé mit unserem Landsmann Hector Danoze ist unserer Meinung nach *das* Ereignis. Unsere Stadtväter haben den Familien der zukünftigen Eheleute ihre Unterstützung zugesagt, um dieser Hochzeit den Glanz eines öffentlichen Freudenfestes zu geben. Nach dem Wirbelsturm Bethsabée, dem Sturz des Kaffeepreises auf dem Weltmarkt, den Schrecken, die ein überspannter Buschfalter den Jungfrauen bereitete, und dem kürzlichen Ableben Germaine Villaret-Joyeuses ist diese Mischehe der willkommene Anlaß, in Jacmel wieder Tanz und Phantasie lebendigen Einlaß zu gewähren. An die geistliche Zeremonie in Saint-Philippe-et-Saint-Jacques wird sich ein Empfang auf dem Herrensitz der Siloés anschließen. Am Abend werden sich die jungen Eheleute und ihre Gäste zum Volk auf der Place d'Armes gesellen, um an einem Karneval teilzunehmen, wie ihn Jacmel noch nicht erlebt hat.
Viele Hochzeiten sind in unserem Ort berühmt geworden. Schon öfter hat man zwei voneinander verzauberte Menschen gesehen, die sich entschlossen, mit ihrer Schönheit und Leidenschaft eine gemeinsame Bestimmung zu wählen. Doch die Hochzeit vom kommenden Samstag, 29. Januar, wird aus noch bemerkenswerteren Gründen in die Geschichte eingehen. Hadriana, die einzige Tochter des glanzvollen Paares Denise und André Siloé, ist das fürstliche Geschenk, das das Frankreich der Debussy und Renoir unserem Lande darreicht. Mehr denn ein Mädchen von neunzehn Jahren ist diese gute, schützende Fee Jacmels eine Rose am Kleid des lieben Gottes. Während der Abwesenheit Isabelle Ramonets, die zur Zeit in Europa weilt, verkörpert Hadriana auf überwältigende Weise das

Ideal einer Frau von der Schönheit eines erblühten Gartens, das vormals von einem Dichter zur Verehrung unserer Sasa erfunden wurde.

Der Erkorene, Sohn unseres Freundes Priam Danoze, Hector, der meistbeneidete Mann der Karibik, wird er imstande sein, den Schatz zu behüten, der ihm anvertraut wird? Das ist die Frage, die diese Verbindung in unser aller Herzen aufwirft. Es sei uns erlaubt, die Antwort sogleich zu bejahen. Sicherlich, von seinen Fähigkeiten als Pilot und seiner äußerlichen Anziehungskraft abgesehen, scheint den jungen Danoze nichts Übermenschliches von den anderen Bewerbern um die Hand Hadriana Siloés zu unterscheiden. Bis zum heutigen Tage hat er mit seinem Pfeil keinen Feind seines kleinen Orts hingestreckt. Doch ich, sein Pate, habe in ihm eine Qualität reifen sehen, die ihm hundertfach vor den jungen Leuten seiner Generation den Vorzug gibt.

Das Herz meines Patensohns gehört nämlich nicht nur den Seinen, seiner Verlobten und seinen Jugendfreunden. Mit der gleichen Kraft liebt er seine Heimat Jacmel, die so oft vom Schicksal heimgesucht wurde: Wirbelstürme, Feuersbrünste, Vlanbindingue-Götter, ganz zu schweigen von den Plagen des Staats, die den Christenmenschen nach der Freiheit trachten. Hector Danoze ist nicht nur in der Leidenschaft zu einer Frau verwurzelt, sondern auch in der zärtlichen Anteilnahme am Los seiner Mitbürger. Die Hochzeit dieser beiden außergewöhnlichen Menschen ist nach der Unbill der letzten Monate wirklich wie ein Bund Jacmels mit der Hoffnung und der Schönheit. Alle Liebschaften der Vergangenheit werden im unendlichen Azur dieser Hochzeit strahlend wiederauferstehen!«

Die Mitteilung an meine Familie enthielt weniger epische Breite und Lyrismen: »Monsieur und Madame André Siloé, Monsieur und Madame Priam Danoze beehren sich, Ihnen die Hochzeit des Fräulein Hadriana Siloé, ihrer Tochter, mit Herrn Hector Danoze, ihrem Sohn, anzuzeigen. Sie bitten Sie, der Trauungszeremonie beizuwohnen (oder sich ihr in Gedanken anzuschließen), die am Samstag, 29. Januar 1938, um 18 Uhr in der Kirche Saint-Philippe-et-Saint-Jacques stattfinden wird. Das Ja-Wort der Getrauten wird Pater Yan Naélo entgegennehmen. Nach der geistlichen Zeremonie werden Madame André Siloé und Madame Priam Danoze im Anwesen der Siloés einen Empfang geben, ehe die öffentlichen Freudenfeiern beginnen, die die ganze Nacht auf der Place d'Armes-Toussaint-Louverture dauern werden.«

2

Die Vorbereitungen zur Hochzeit ließen die finsteren Voraussagen des Friseurs in Vergessenheit geraten. Scylla selbst hörte auf, von seinem »tödlich invaginierten Helden« zu reden, um seine Talente eines phantasiebegabten Mannes in die Dienste der Honoratiorenkommission zu stellen, die sich im Rathaus täglich zwölf Stunden lang geschäftig gab. In Begleitung einer Damengruppe lief er voll Eifer die koloniale Einkaufspromenade Bord-de-Mer auf und ab, um von den Händlern Geldspenden einzusammeln. In weniger als einer Woche betrug die Kollekte das Dreifache der Summe, die die Stadtverwaltung normalerweise für die Patronatsfeste von Saint-Philippe-et-Saint-Jacques aufwandte.
Die Geschenkeliste wurde in der Kleinen Galerie Nassaut ausgelegt. Sébastien Nassaut, der Eigentümer, weihte sie mit einem prächtigen Kaffeeservice aus Delfter Porzellan für die Brautleute ein. Bald hatten sich Hunderte von anderen Geschenken angesammelt. Unter den Gebern waren Lebensmittelexporteure und Stoffhändler, die in dem Laden Lastträgern begegneten und Marktfrauen, die ihre Ersparnisse in einem zwischen ihren Brüsten verborgenen Leinensäckchen bewahrten. Es kamen so viele Geschenke zusammen, daß Scylla vorschlug, sie auf einen kleinen Lastwagen zu laden, um der Be-

völkerung »den Erfolg des künftigen Paars mit den beiden H wie Hochzeits- und Herzglück (Hadriana-Hector)« zu zeigen. Er hatte von diesem Brauch aus der Erzählung eines Reisenden gehört, der Japan besucht hatte. Mehrere Tage nacheinander, am Ende des Vor- oder Nachmittags, griff Sébastien Nassaut zu einem Megaphon, um die Passanten zu Beifall für die traumhaften Geschenke aufzufordern, die mit breiten vielfarbigen Bändern auf dem Fahrzeug befestigt waren. Die fahrende Vorführung der Gaben war der Auftakt für die Nacht der Schlemmerei und Ausgelassenheit, die alle erwarteten. Und die Präfektur wurde von weiteren Vorschlägen überschwemmt. Der Kommandant Gédéon Armantus, Haupt der Gendarmerie, schlug zur Eröffnung der Feierlichkeiten einen Fackelzug vor. Er sollte von der Kaserne am Chemin-Des-Veuves-Echaudées bis zum Platz ziehen. Titus Paradou, der Anführer der »Brüderschaft der bezauberten Eier«, ließ verlauten, daß die Spieler und Tänzer der berühmten Karnevalstruppe ihren Überschwang und Humor gegen die Sorgen des Augenblicks setzen würden. Andere angesehene Truppen der Gegend, die »Charles Oscar« der Madan Ti-Carême, die »Trommeln der Fastnachtssau«, die »Bâtonisses« von Pedro Curaçao, die »Girlandenbänder« der Brüder Ajax, die »Mathurins« des Landvermessers Mathurin Lys, versprachen »für diesen Jahrhundertkarneval eine Hymne ohnegleichen auf die Schönheit des Lebens und die Freiheit der Liebe«.
Man berechnete, daß achtundzwanzig Rinder, sechzehn Ziegen, dreiunddreißig Schweine und eine Unmenge Geflügel geopfert würden, zu denen hundert Stauden Bananen, Säcke mit Reis und roten Bohnen, Dutzende Kilo süßer Kartoffeln hinzukämen. Außerdem waren Tausende von Kabeljaukrapfen, Petits fours und allerlei Leckereien aus Kokosnuß, Ingwer und allen Gewürzen des Archipels vorgesehen. Was die Getränke anging, so war die Rede von weißem, unraffiniertem Rum in Fässern, Korbflaschen und Ballonflaschen mit Zuckerbranntwein, Barbancourt-Rum in Strömen, Veuve-Clicquot-Cham-

pagner und in rauhen Mengen Weinen und Likören aus Frankreich. Rechtsanwalt Homaire kündigte in seiner Zeitung an, er würde erstmalig einen Riesenpunsch nach eigenem Rezept ausprobieren mit nicht weniger als dreihundertfünfundsechzig verschiedenen Gewürzen. Sein Urgroßvater, der Senator Télamon Homaire, hatte ihn mitten im Zyklon von 1887 erfunden, »um die heimgesuchten Männer wieder aufzurichten, denen der Samen geschwunden war«. Sämtliche Handwerker von Jacmel (Schneider, Klempner, Schuster, Korbmacher, Blechschmiede) ließen ihre üblichen Beschäftigungen fallen, um sich an die Herstellung karnevalistischer Masken und Verkleidungen zu machen. Im Rathaus wurden Vorräte von Konfetti und Papierschlangen, kästenweise Wimpel, Fähnchen, Girlanden und Lampions für die Dekoration des Platzes und der angrenzenden Straßen eingelagert. Was die geheimnisvollen unbeschrifteten Pappkartons anging, so enthielten sie wohl Feuerwerkskörper und bengalisches Licht.

3

In diesen Tagen lief ich Hadrianas anderen Bewunderern den Rang ab: Meiner Mutter, die in Bel-Air als Modistin sehr beliebt war, wurde die Anfertigung des Hochzeitskleids anvertraut. Vom Morgen bis in den Abend besangen Schere und Singer-Nähmaschine im Webwerk den Zauber des jungen Mädchens. Onkel Féfés Haus segelte mit uns auf einer wundersamen Wolke aus Tüll und Seide in Fluten von Spitzen und Organdy. Je mehr das Brautkleid unter den begnadeten Fingern Mam Dianis Form annahm, desto mehr verdichtete sich in meinen Augen das faszinierende Mysterium des Leibes, den es einhüllen würde.
Über Nacht legte meine Mutter das Arrangement über ihre Schneiderpuppe. Es war eine Wolke aus Tüll und auf alte Art bestickt. Die Feinheit der Stickerei wurde vom durchscheinenden

Stoff der Ärmel und dem sehr dekolletierten, mit Organza und Satin gefältelten Oberteil noch hervorgehoben. Es war sinnlich um die Hüften drapiert, und im Rücken hatte es eine breite Schleife und eine falsche, abnehmbare Schleppe. Die wirkliche Schleppe, eine Kaskade aus Spitzenvolants, zog sich endlos dahin. Der tänzelnde, mit Volants besetzte, sehr weite Rock schien schon jetzt die Geheimnisfülle eines magischen Fächers auszustrahlen. Der Brautkranz aus verschlungenen Organsinfalten war mit Orangenblüten und irisierenden Pailletten besetzt.
Wenn alle anderen zu Bett gegangen waren, stand ich leise auf mit klopfendem Herzen, um im Schneideratelier im Erdgeschoß einem bewegenden Zeremoniell nachzugehen. Ich ließ die Schneiderpuppe im Licht einer Öllampe tanzen. Ich streichelte ihren runden Hals. Ich hauchte ihr Worte von einer Zärtlichkeit ins Ohr, deren ich mich nie für fähig gehalten hatte. Am Vorabend der märchenhaften Reise, die meine Taufschwester antreten würde, entfachte ich im Schutz unseres Hauses ihr Feuer.
Am Tag schwänzte ich den Unterricht im Gymnasium, um zuzusehen, wie Hadriana sich mit Leib und Seele der Anprobe des Kleides hingab. Der Begriff ANPROBE, über den ich mir nie Gedanken gemacht hatte, so normal war er für mich, zog mein Innerstes bei jedem Mal, wenn sich Nana unbefangen auszog, um das Kleid überzuziehen, wie einen Ballon inbrünstig nach oben. Sie drehte sich auf dem Absatz herum, richtete sich auf, stellte die Hüfte heraus, nahm anmutig die Schultern zurück. Worauf sie sich als Braut auf eine Lehne stützte, ein Bein beugte, ihre Taubenbrust noch mehr rundete und mich ohne viel Umschweife zu einem langsamen Walzer an sich zog. Während sie den Zeichen meiner Mutter folgte, deren Mund mit Nadeln gespickt war, freute sie sich an den einfachsten Gebärden. Sie betrachtete sich im Spiegel, äußerte ihre Meinung, rümpfte schließlich die Nase und streckte dem Ideal französischer Schönheit, für das meine jungen Jahre gleich einem Feuer lichterloh entbrannt waren, die Zunge heraus.

4

Am Samstag, dem 29. Januar, verließ um sechs Uhr abends der Hochzeitszug das Anwesen der Siloés. Bis zur Kirche waren es ungefähr dreihundert Meter. Ein Menschenspalier wartete dort seit dem späten Nachmittag, Rufe und Händeklatschen empfingen Hadriana, die am Arm ihres Vaters dahinschritt.
»Hoch soll die Braut leben! Bravo, Nana!«
Aus allen Richtungen flogen Blumen, Konfetti, Papierschlangen, Ausrufe der Bewunderung. (Verdammt schön ist sie!) Auf der Ostseite des Platzes ging sie schlank und romantisch mit sinnlich fließenden Bewegungen in ihren weißen Gewändern daher. Handschuhe bis hinauf zu den Ellenbogen, in der einen Hand einen Pompadour aus Spitzen und in der anderen einen passend zusammengestellten Strauß. Alles an ihr strahlte, als wollte sie die Sonne ablösen, die am Rand der Wasser des Golfs versank. Ganzen Familien stockte der Atem in dem Gefühl, hier das Schauspiel ihres Lebens zu sehen. Mehrere Mädchen, die ich kannte, brachen in Tränen aus. Eine von ihnen, meine Cousine Alina Oriol, gestand mir dreißig Jahre später, daß das lebhafteste Bild ihrer Erinnerung das der wenige Schritte von ihrem Haus entfernten Hadriana sei ...
»Ich erinnere mich«, sagte sie, »daß ich laut geschluchzt habe.«
»Eine böse Vorahnung?«
»Überhaupt nicht. Es war eine sehr vielfältige Erregung: In meinen Augen verharrte ihre Schönheit noch für wenige Minuten in den Träumen der Kindheit, der feurigen Jungfrauenschaft, dem wundersamen Rhythmus der Regel, dem heimeligen Elternhaus, der Frische, die die Ehe uns Frauen ein für allemal raubt. Mehr als jedes andere Mädchen von Jacmel hatte Nana Siloé ein Paradies zu Grab zu tragen.«
Auf dem Vorplatz der Kirche schloß sich Hector Danoze am Arm meiner Mutter dem Zug an, der feierlich durch das Schiff auf den Altar zuschritt. Die Orgel ließ die fröhlich ge-

schmückte und übervolle, von Tausenden von Kerzen und Lichtern funkelnde Kirche erbeben.
Die Feier begann unter der Obhut von Pater Naélo und zwei Diakonen in großem Ornat. Der Chor der Sainte-Rose-de-Lima verbreitete alsbald eine ansteckende Frömmigkeit in der Gemeinde. Die Mehrzahl der Gläubigen ging auf die Knie, um der Messe in einem Zustand tiefer Sammlung zu folgen, der mich an die Gottesdienste der Karwoche erinnerte. So waren alle, als die Reihe an das Ehegelöbnis kam, bereit, die beiden in beseeltem Schweigen anzuhören.
»Hector Danoze«, sagte Pater Naélo, »bist du bereit, die hier anwesende Hadriana Siloé nach der Zeremonie unserer heiligen Kirche zur rechtmäßigen Ehefrau zu nehmen?«
»Ja, mein Vater.«
»Hadriana Siloé, bist du bereit, den hier anwesenden Hector Danoze nach der Zeremonie unserer heiligen Kirche zum rechtmäßigen Ehemann zu nehmen?«
Hadriana stieß ein grauenvoll verzweifeltes *Ja* aus und brach vor dem Priester zusammen. Doktor Sorapal stürzte zu ihr. Einen langen Moment hielt er ihr Handgelenk und schrie dann:
»Hadriana Siloé ist tot!«
Noch vierzig Jahre nach dem Geschehen läuft es mir bei den Worten des Doktors kalt über den Rücken. Hector Danoze und mehrere andere Personen fielen in Ohnmacht. Nach haitianischer Manier riefen die Leute einander Schreie der Bestürzung zu. Klariklé Philisbourg warf sich zu Boden und zerriß dabei ihr Kleid des Ehrenfräuleins. Mélissa Kraft, Olga Ximilien, Mimi Moravia, Vanessa Lauture erging es ebenso. Pater Naélo gelang es nicht, die Ruhe wieder einkehren zu lassen. Da die Schreie und Ausbrüche von Hysterie seine Stimme weiterhin übertönten, sprang er die Treppe zur Kanzel hinauf.
»Ruhe, meine lieben Brüder. Schweigt, ich flehe euch an. Hadriana Siloé ist im Augenblick ihrer Eheschließung von uns genommen. Der Skandal ist ins Haus ihres göttlichen Vaters ge-

drungen! Statt ihn zu lästern, laßt uns für seine dahingeraffte Tochter seine Gnade und sein Mitleid anrufen!«
»Gott erbarme dich – erlöse uns«, kam es von Hunderten von Stimmen.

5

Rechtsanwalt Homaire hob Hadriana von der Altarstufe, auf der sie hingestreckt lag, und nahm sie vorsichtig auf seine Arme. Kraftvoll wie ein Schiffsbug teilte er die wogende Menge. Am Ausgang der Kirche empfingen ihn die, die keinen Platz mehr gefunden hatten, mit Freudenrufen, weil sie glaubten, es handle sich um eine originelle Einlage der Feier. Unter Vivat-Rufen und Glockengeläut und gefolgt von der lärmenden Schar setzte er seinen Lauf zum Anwesen der Siloés fort. Es war gänzlich Nacht geworden. An den schwach erleuchteten Rändern des Platzes, ungefähr hundert Meter vom Ziel entfernt, erwartete uns ein weiteres Mißverständnis.
»Da kommt das Brautpaar! Hoch lebe das Paar!«
Bei diesen Rufen eröffneten die Musiker und die Trommler des Titus Paradou, die auf ihren Einsatz schon warteten, den Karneval von 1938 mit einer mitreißenden *Rabordaille*-Melodie, worauf sich in einigem Abstand von dem Rechtsanwalt und der Toten eine Gruppe maskierter Mädchen und Jungen tanzend in Bewegung setzte. Sie faßten einander um die Taille, ließen die Hüften kreisen und verwandelten die wilde Flucht des Hochzeitszuges in eine vor Freude taumelnde Polonaise bis zum Tor des Anwesens.
Anwalt Homaire legte den Leichnam der Braut auf ein weißes Laken auf dem blanken Parkett des Salons. In diesem Moment entbrannte ein unerbittlicher Kampf zwischen den beiden Glaubensrichtungen, die sich seit eh und je um die Vorstellungswelt der Haitianer streiten: der christliche und der *Wodu*-Glaube. Die Eltern Hadrianas verloren bereits die Übersicht

über die Totenwache. Der aristokratische Herrensitz oberhalb des Golfs verwandelte sich von einem Augenblick in den anderen in einen phantastischen Taubenschlag: Schwärme von Leuten, die den Siloés zum größeren Teil unbekannt waren, machten sich ungehindert um den Tod ihrer Tochter zu schaffen. Ohne sie um Erlaubnis zu fragen, rollten sie inmitten der Klagen und Seufzer die persischen Teppiche zusammen, rückten die Stilmöbel und die Sèvres-Vasen beiseite, machten mit einem weißen Anstrich die Spiegel und das Glas der goldbronzenen Standuhr blind und drehten die Innenseite der Überzüge der Louis-Quinze-Sessel und -Kanapees nach außen. Jemand kam auf die Idee, einen herrlichen englischen Teetisch mit Mosaikintarsien auf den Kopf zu stellen.

Als diese Trauervorbereitungen erledigt waren, forderte Madame Brévica Losange, eine Nachbarin der Siloés, die den Ruf einer *Mambo* genoß, die in Tränen aufgelösten Brautjungfern auf, ihre Büstenhalter und Schlüpfer zu tauschen und die Röcke und Oberteile von hinten nach vorne zu drehen. Worauf sie mit erhobener Stimme behauptete, daß der Tod Hadrianas auf keine natürliche Ursache zurückzuführen sei. Man brauche kein Sherlock Holmes zu sein, um die Spur zu finden, die zum Urheber der Untat führe. Balthazar Granchiré! Mit wenigen Worten berichtete sie unter der vergoldeten Deckentäfelung dieselben verwirrenden Dinge, die uns Scylla Syllabaire zwei Monate zuvor auf dem Platz auseinandergesetzt hatte.

6

Konnten die Siloés ihren Ohren überhaupt trauen? Im Juni 1914 hatte sich Hadrianas Vater in Paris für die Aufnahmeprüfung in die Ecole Polytechnique eingeschrieben und war gerade mit einem überaus guten Ergebnis aufgenommen worden, als ihn der 1. Weltkrieg in seine Fänge nahm. Nach dem Krieg hatte er sehr erfolgreich seine Studien wiederaufgenommen, und aus André Siloé wäre ein Eisenbahningenieur geworden, hätte ihn nicht der plötzliche Tod eines Onkels, der in Jacmel wohnte, dazu berufen, die Leitung der Tabakfabrik, die der Stolz des Ortes war, zu übernehmen. Im März 1920, wenige Tage vor seinem Weggang aus Frankreich, heiratete er Denise Piroteau, ein achtzehnjähriges Mädchen aus Bordeaux, das im Privatinternat Sainte-Jeanne-d'Arc den Abschluß gemacht hatte. Um ihrem Mann in die Karibik zu folgen, verzichtete sie darauf, das gerade begonnene Studium der Altphilologie an der Sorbonne fortzusetzen. Als Hadriana drei Jahre tot war, schloß sich André Siloé in Afrika den Truppen des Freien Frankreich von General de Gaulle an. Bei Bir Hakeim wurde er verwundet, und von General Koenig höchstpersönlich erhielt er eine hohe Auszeichnung. Oberst Siloé starb vor Kummer in einem Krankenhaus in Algier, denn den Verlust seiner vergötterten Tochter hatte er nie verwinden können. Jahre später empfing mich seine Witwe in der Wohnung in der Rue Raynouard in Paris. An diesem Tag versuchte ich mit Hilfe ihrer Erinnerung herauszufinden, in welcher Verfassung sich das Paar in den Stunden vor Hadrianas Totenwache befunden hatte.

Es hatte sie zutiefst verstört, daß Nanas Name mit der anstößigen Geschichte von einem Falter in Verbindung gebracht wurde, der hübsche junge Mädchen heimsuchte. Vom Schmerz überwältigt, waren sie und ihr Mann unfähig gewesen zu reagieren. Ganz tief in ihrem Inneren hatten sie das Gefühl, daß diese schlüpfrige und finstere Fabel, die die Frau so begeistert erzählte, zu den haitianischen Bestattungsromanzeros gehörte. Es handelte sich schließlich um das Wunder des Todes, der ein gemeinsames Schicksal der Gattung ist, und Menschen unterschiedlicher Herkunft und Bildung konnten sich darin wiederfinden. Sie und André hatten sich schon lange vor der Tragödie, die ihre Familie zerstörte, aufgeschlossen gezeigt. Gegenüber dem *Wodu* hatten sie sehr viel weniger Vorurteile als die Angehörigen des Patriziats von Jacmel, mit dem sie im Excelsior-Club Umgang pflegten. Sie ähnelten darin Henrik Radsen, einem dänischen Kaufmann, der ein wissensdurstiger Mensch war und in den Fußstapfen von *Price-Mars* unschätzbare Untersuchungen über den haitianischen Volksglauben angestellt hatte. Obgleich sie stark an den Katholizismus gebunden waren, hatten André und sie es für ganz natürlich gehalten, daß Hadrianas Kindheit von den unglaublichen Geschichten ausgeschmückt wurde, die ihr die schwarzen Hausmädchen in der Küche oder in der Verborgenheit des Schlafzimmers zumurmelten. Nach ihrem Tod erweiterten die Jacmelianer, die sie liebten und wie eine Fee bewunderten, den Fabelschatz des Landes um eine unglaubliche Geschichte ... Tatsächlich ersparte der Zustand völliger Niedergeschlagenheit den Siloés, die Gewalt des Zwists zu bemerken, der sich unter ihrem Dach um den Tod ihres Kindes zusammenbraute. Während der denkwürdigen Nachtwache hinterließen sie den Eindruck eines gebrochenen »weißen« Paares, das wie jeder von uns dazu verdammt war, ohne Orientierung durch die Dünen zu irren, die der *Wodu* in seinem Wüten noch um das faszinierende Rätsel von Hadrianas Tod aufschütten würde.

7

Um den Schaden möglichst in Grenzen zu halten, verbrachten meine Mutter und andere den Siloés nahestehende Personen die Nacht damit, nach brüchigen Kompromissen zwischen dem katholischen und dem *Wodu*-Ritus zu suchen, zwei verfeindeten Brüdern, die sich Leib und Seele des jungen Mädchens erbittert streitig machten. Was vor allem sollte man mit den Menschen machen, die unter den Fenstern des Hauses nicht aufhörten, zu singen und zu tanzen? Sollte man zulassen, daß sie die christliche Totenfeier in ein karibisches Fest umwandelten? Seit Wochen hatten die Leute nichts anderes mehr im Sinn als eine Nacht der Schlemmerei und Ausgelassenheit. Würden sie mit einer gesitteten mäßig lebhaften Totenwache »nach Art der Franzosenweißen« zufrieden sein? Und dann: Wo sollte der Leib der Braut aufgebahrt werden? Im Salon der Siloés, im Festsaal des Gemeindehauses oder in dem der Präfektur?

»Warum sie nicht auf dem Platz unter den hundertjährigen Bäumen der Allée des Amoureux aufbahren?« schlug mein Onkel Ferdinand vor.

»Diese Idee ist hervorragend«, meinte Anwalt Homaire. »Für eine jungfräuliche, sternengleiche Braut muß die Totenwache im Freien gehalten werden, ganz nah bei den Nestern der Vögel ... Was halten Sie davon?«

André und Denise Siloé nickten abwesend.

»Wenn schon von Anwalt Homaire die Jungfräulichkeit der Toten erwähnt wird, ist es nicht in einem Todesfall wie diesem die vordringliche Aufgabe, das Opfer unverzüglich zu entjungfern? Wer übernimmt das?« fragte Madame Losange.

Mein Onkel Ferdinand ging auf die taktlose Frage mit Fingerspitzengefühl ein.

»Diese Vorsichtsmaßnahme dürfte wohl bei einer angesehenen französischen Familie ... die überdies Gott sei Dank katholisch ist, ziemlich überflüssig sein.«

»Angesehene französische Familie hin oder her, ob katholisch oder nicht«, ergriff Madame Losange sehr ärgerlich das Wort, »man muß die letzte Reise des Mädchens schützen. Man könnte Lolita Philisbourg bitten, doch ich fürchte, daß der Eingriff eines Zwillings die Perversität des für den Tod verantwortlichen *Baka* noch mehr erregt.«

Man hätte das Fallen einer Stecknadel hören können, so schwer lastete die Stille im Salon. Die, die Madame Losange am nächsten saß, zwickte sie bis aufs Blut in den Oberschenkel, damit sie den Mund halte, während meine Mutter heimliche Zeichen der Mißbilligung von sich gab.

»Wie auch immer«, fuhr diese unbeirrt und mit einem gefährli-

chen Leuchten in den Augen fort, »das heilige Amt wäre die Sache von Hector Danoze, dem rechtlichen Ehemann. Er jedoch liegt mit einem Schock im Krankenhaus ...«
»Meiner bescheidenen Meinung nach«, schaltete sich Scylla Syllabaire ein, »ist das eine Aufgabe für einen Unschuldigen. Es wäre eher die Sache eines Jungen, der ebenso jungfräulich ist wie die Tote.«
»Denkst du an jemand Bestimmten?« sagte Madame Losange.
»Warum nicht Patrick Altamont?«
In großer Verwirrung senkte ich hastig den Blick. Zum Glück kam mir meine Mutter sofort zur Hilfe.
»Nana und Patrick sind von derselben Frau über das Taufbekken gehalten worden, sozusagen sind sie Bruder und Schwester. Ich teile die Ansicht Anwalt Homaires, die Familie Siloé ist außer Reichweite der *Bizangos*.«
Hadrianas Eltern waren in Gedanken woanders. Sie schienen sich gemeinsam an die Jahre mit einem entzückenden französischen Mädchen, tausend Meilen von dieser schändlichen Diskussion entfernt, zu erinnern.
»Ich muß darauf bestehen«, sagte die *Mambo*. »Eine scheußliche Vergewaltigung droht dem Engel, den wir beweinen. Ihre schöne Jugend darf nicht beschmutzt, das Intime ihres Leibes nicht übel aufgerissen sein, wenn sie vor Gott erscheint. Granchirés Schwengel wartet nur darauf. Glauben Sie Madan Brévica, die Hochzeitsnacht eines *Baka* ist keine Erstkommunion.«
»Um das zu vermeiden, braucht man die schöne Dame doch nur mit dem Gesicht zur Erde ins Grab zu legen«, warf der Schneider Togo Lafalaise ein.
»Bloß das nicht, blöder Neger«, verkündete Madame Losange. »Jeder *Baka*, dem die Gartenseite der Frau versperrt ist, stürzt sich mit einer genauso wüsten Spanne auf die Hofseite! Wenn wir die sakrale Entjungferung sein lassen, müssen wir Miß Siloé eine geladene Pistole und eine zugespitzte Machete

zur Seite legen. Bei ihrer Sportlichkeit wird sie ihren Räubern widerstehen können. Man muß ihr auch den Mund mit schwarzem Garn zunähen, damit sie nicht antwortet, wenn sie in der Nacht dreimal ihren Taufnamen rufen hört!«

So saßen wir wie auf glühenden Kohlen, als Pater Naélo und sein Vikar, Pater Maxitel, in den Salon traten. Sie gingen geradewegs zum Sofa, auf dem Denise und André Siloé saßen. Eine lange Zeit hielten die vier, zu denen meine Mutter, mein Onkel Ferdinand und Anwalt Homaire hinzugerufen wurden, mit gesenkter Stimme eine Art Geheimrat, um die Vorkehrungen zur Totenwache und zur Beerdigung zu besprechen. Es war acht Uhr vorbei, als sich Pater Naélo sorgenvoll aus seinem Sessel erhob. Er ergriff das Wort.

»Meine lieben Freunde«, sagte er im Ton einer Predigt, »für Hadriana Siloé wird die Totenwache streng nach den Regeln unserer christlichen Tradition unter den Kapokbäumen des Platzes gehalten. Sobald Präfekt Kraft den Karneval zum Schweigen gebracht hat, wird ganz Jacmel auf den Knien wie Gottes Vorhut die sterblichen Reste seiner geliebten Fee bewachen. Nach dem Hochamt morgen früh wird Frau Hector Danoze nach den Riten unserer heiligen Kirche beerdigt. Wir alle wollen mit der Würde unserer Trauer den Wünschen dieser ehrenhaften katholischen Familie Rechnung tragen.«

Drittes Kapitel

Hadriana auf dem Schoß der Götter

Folgen Sie mir zum Grund des verzauberten Brunnens,
in den Jacmel eines Abends
mit all seinen Einwohnern stürzte.
R. D.

1

Der Katafalk Hadriana Siloés wurde lange vor zehn Uhr abends mitten auf der Allée des Amoureux zwischen zwei Reihen von Kerzen aufgestellt. Die Sterne schienen so niedrig, daß sie eine Totenkapelle formten. Aus den umliegenden Häusern hatten die Leute Stühle und Bänke gebracht. Beim Eintreffen des offenen Sargs waren die Trommeln verstummt. Weil ich nicht wußte, wie ich mit diesem Elend von Einsamkeit, das mich erfüllte, umgehen sollte, nutzte ich die Stille und entschlüpfte ins Gedränge.

Die Karnevalsgruppen hatten jeden Quadratmeter des Platzes in Besitz genommen. Wie angekündigt, waren die berühmtesten aus Haitis Südwesten dabei. Es sah aus, als biwakierten die Musiker und Tänzer zwischen ihren schlafenden Instrumenten: unterschiedliche Trommeln, *Vaccinen*, Tuten aus Lambi-Muscheln, Klappern, Saxophone, Flöten, Hörner und Akkordeons. Wie in solchen Fällen üblich, erzählten sich die Jacmelianer beim Essen unter den Bäumen Geschichten.

Zuerst stand ich vor einer Gruppe von Männern, die sich als Frauen verkleidet hatten. Um einen Zustand fortgeschrittener Schwangerschaft vorzutäuschen, hatten sie sich Kissen und Polster unter ihre Röcke aus grünem Satin gesteckt. Sie hatten Brüste und Hintern wie die kallipygische Venus. Die Verkleideten stützten sich auf Knüttel und plauderten mit Figuren, die in weiße Laken gehüllt waren. Ohren und Nasen waren mit Baumwolle verstopft, und sie sprachen mit näselnder Stimme. Ein Stück entfernt von diesen falschen Toten berieten sich halbnackte Werwölfe, die von Kopf bis Fuß mit Zuckersirup und Ruß bestrichen waren. Sie hatten ihre Finger mit Röhrchen aus Weißblech bewehrt, die bei der geringsten Bewegung klickten. Zwischen Zähne und Lippen hatten sie sich Orangenschalen geklemmt, die ihre Gesichter furchterregend aussehen ließen.

Ein bißchen weiter traf ich auf die *Charles-Oscar* der Madan

Ti-Carême: blaurote Schirmmützen, schwarze Gehröcke mit safrangelben Knöpfen, scharlachrote Hosen in weißen Gamaschen, riesige Sporen an den Hacken. Jeder *Charles-Oscar* trug seine militärischen Verdienste auf einem Schild am Rücken: »Oberst Je-später-je-trauriger«, »Kommandant der jedem Haus seine Heimsuchung verpaßt«, »Divisionsgeneral mit grausig rachsüchtiger Rute«.

Beim Musikstand entdeckte ich eine ganze Reihe Pierrots in buntscheckigen Kleidern, mit Masken aus blaßblauem Drahtgewebe und Schellen am Gürtel. Unmittelbar neben der Präfektur erwiesen karibische Indianer zwischen ihren auf dem Gehsteig aufgeschichteten Bögen und Pfeilen im Funkeln ihrer Federn einer Ballonflasche mit Zuckerbranntwein die Ehre. Der als Geier verkleidete Papagei des Präfekten, General Télébec, rief zu ihnen ohne Unterlaß: »Auf euer Wohl, ihr Scheißindianer!«

Auf der Terrasse des Café de l'Etoile lagerte eine Gruppe Mathurins, die Wilden Kerle des Mathurin Lys, des Tonangebers vermessener jacmelscher Extravaganz; sie trugen wehende Umhänge und bunte Bolivarhüte aus Papiermaché, auf die sie Pfauenfedern und lange Zöpfe gesteckt hatten sowie ein an einem Bambusgerüst befestigtes Takelwerk mit unterschiedlichen Gegenständen wie Hörner, Puppen, Medaillen, Glasschmuck, kleine Spiegel, Amulette, die von einem Kopftuch zusammengehalten wurden.

Andere Masken benutzten die Ost- und Westseite des Platzes. Indianische Kaziken tändelten mit jungen Arawak-Schönheiten, deren entblößte Brüste über schimmernden Strohröckchen schaukelten. »Küstenräuber und Seebären der Königin Elizabeth von England« hatten den Oberkörper mit Totenköpfen und Natternwirbeln tätowiert. Unter Francis Drakes gerührten Blicken tätschelten sie die üppigen Hintern von Bambara-Negerinnen. Diese hatten nur Blumenturbane angetan und verbargen die Scham unter strengen Wölfen aus weißem Samt mit phosphoreszierenden Lippen und Augen.

Barone und Marquisen vom Hof Ludwigs XIV. spielten auf dem Rasen Bockspringen mit Priestern im Ornat des Dritten Ordens der Kapuziner, Rosenkranz am Gürtel und Holzkreuz vor der Brust. Generalstabsoffiziere, Schwarze und Mulatten, in Uniformen von Napoleons Grande Armée, stemmten freundschaftlich um die Wette mit Offizieren der *Marines* aus der Zeit der Besetzung der Insel durch die Landungstruppen Präsident Wilsons.
In der buntscheckigen Menge erkannte ich auch einen leibhaftigen, völlig nackten Simón Bolívar, der mit dem feierlichen und barbarischen Leib der Pauline Bonaparte in ein episches Gerammel verwickelt war, während Toussaint Louverture im Gewand des Gouverneurs von Santo Domingo den General Victor-Emanuel Leclerc, den himmlisch gehörnten Mann der späteren Prinzessin Borghese, zum Spaß am Ohr zupfte.
König Christophe ging als offizieller Besucher in Versailles Arm in Arm mit der Frau Königs Charles X. vor den Spiegeln auf und ab, die ihnen funkelnd die Lustpartie zeigten, die sie erwartete. In einem Nachbarsalon umschlang Präsident Alexandre Pétion, Halbblut und Republikaner, mit der Feurigkeit eines anderen Alexander, mazedonischer General seines Zeichens, die unglaublich lyrischen Schenkel der ganz jungen Madame Récamier.
In wenigen Metern Entfernung hatte der Kaiser der Haitianer, Jacques I., Generalissimus Stalin als Partner für eine Art Tischtennis. Jossif Wissarionowitsch Dschugaschwili steckte in der Gala-Uniform der Zaren aller russischen Länder. Die beiden Volksväterchen spielten einander mit gleichem Geschick einen nach der Art und Weise der Jivaro-Indianer geschrumpften Menschenkopf zu. Mal war der Ball dieses primitiven Pingpong schwarz, mal weiß, gelb oder rot, je nach dem Stand der Weltmeisterschaft, um die es ging.
Die Masken beschworen auf dem Platz genau die Zeit und den Raum herauf, die den dargestellten Helden im Augenblick ihrer Mitwirkung an der Geschichte des Planeten entsprochen

hatten. Doch die geschichtliche Erinnerung war bis zur Lachhaftigkeit getrübt, wie auch die Spuren der Wege verwischt waren, die den einen und anderen vom Capitol zum Tarpejanischen Felsen geführt hatten. An der Seite der sagenumwobenen Figuren gingen andere, ebenso unglaublich aufgeputzte jacmelische Phantasiegestalten. Sie nahmen jedoch an den schimärischen Abenteuern ihrer Begleiter nicht teil und hatten sich für weniger Spektakuläres wie Schweine, Orang-Utans, Raubvögel, Stiere, Haie, Kobras, Krokodile, Tiger, *Tonton-Macoutes* und Leoparden entschieden. Die Maskerade hatte drei Jahrhunderte Menschengeschichte zur Totenwache meiner Taufschwester gerufen. In reinsten Marmor gehauene Figuren und Gestalten aus verrottetem Holz hatten sich versammelt, um gemeinsam zu tanzen, zu singen, Rum zu trinken und den Tod zu verneinen, wobei sie den Staub auf der Place d'Armes in meinem Dorf aufwirbelten, das sich in dieser allgemeinen Maskerade für die allumfassende Bühne der Welt hielt.

2

In meiner Abwesenheit hatten Hadrianas Eltern am Katafalk Platz genommen. Um sie herum die wichtigsten Notablen Jacmels, viele bekannte Gesichter. Madame Brévica Losange schien sich von ihrer Niederlage am frühen Abend vollkommen erholt zu haben. Sie hatte sich umgezogen und war in einem frischen, langen, indigoblauen Kleid zurückgekehrt, das ganz faltenlos wie ein *Caraco* aus uralter Zeit auf ihre Schnürstiefelchen fiel. Ihre grauen Haare hatte sie untadelig im Nakken zu einem Knoten nach Art der Jahrhundertwende zusammengebunden. Später hieß es, die Kette, die sie als Halsband trug, enthalte in jeder Bernsteinperle eine Gottheit. Im nachhinein wurde die Zahl der *Loas*, die den hochgestützten Brüsten der Brévica auf dem langen Weg der Nacht vom 29. auf den 30. Januar 1938 Gesellschaft leisteten, auf drei Dutzend geschätzt.

Als ich dazukam, bemerkte ich in der Haltung der Leute eine Spannung, die die Trauer um Nana, so groß sie auch sein mochte, nicht allein verursacht haben konnte. Meine Mutter bemerkte meine Verwirrung und beeilte sich, mir mit gesenkter Stimme zu berichten, was in der Stunde zuvor geschehen war.

»Es ist beschlossene Sache«, flüsterte sie mir zu, »der Präfekt hat es schon entschieden: Das Fest wird stattfinden, wie geplant.«

»Mit Trommeln, Tanz und allem?«

»Ja. Die Geistlichen, die von ein paar Frömmlern unterstützt wurden, haben bei der Verwaltung nicht erreicht, wegen Nanas Tod den Karneval schlicht und einfach zu verschieben.«

»Mit welcher Begründung?«

»Pater Naélo hat gesagt, ein Ausbruch des Heidentums auf dem Platz könnte für immer ›das Heil des Liebesengels beeinträchtigen, für den Jacmel Totenwache hält‹.«

»Und was noch?«

»Cécilia Ramonet hat gesagt, die Karnevalsgruppen würden sich nicht damit zufriedengeben, zu Hadrianas Ehren schicklich zu tanzen und zu singen. Man muß auf orgiastische *Wodu*-Exzesse gefaßt sein.«

»Was für welche?«

»Tieropfer, unanständige Tänze, roten Sabbat und andere Hexereien.«

»Wer war dagegen?«

»Anwalt Homaire, Onkel Féfé, die Doktoren Braget und Sorapal, Dodo Brifas und Ti-Jérôme Villaret-Joyeuse, und ich natürlich auch.«

»Was hat Anwalt Homaire gesagt?«

»›Im Andenken der Jacmelianer soll Nana Siloé der Lebenswut verbunden bleiben, mit welcher sie stärker glühte als jedes andere Mädchen ihrer Generation.‹«

»Das hat er sich getraut zu sagen!«
»›Ihre Schönheit‹, hat er noch gesagt, ›strahlte mehr beim Schlagen der Trommeln als beim Klingen der Glocken!‹«
»Die Priester haben nichts dagegen gesagt?«
»Pater Maxitel hat gesagt, so rede ein Freimaurer. Schwester Hortense hat gesagt, Anwalt Homaire solle sich schämen, den offenen Sarg einer Heiligen in Gegenwart ihrer Fürsprecher in Gott zu entweihen.«
»Hat Doktor Braget nichts gesagt?«
»Er ist noch weiter gegangen. Er hat gesagt, daß ein gut ausgeführter *Banda*-Tanz die schönste Form der Fürbitte sei, die Mann und Frau je erfunden hätten.«
»Das war Öl aufs Feuer!«
»Warte! Es kommt noch besser.«
»Nicht möglich. Erzähl.«
»Henrik Radsen als gewichtiger dänischer Weißer hat sich beeilt zu sagen, daß mehr als alle Gebete die *Wodu*-Tänze unerreichte Hymnen auf das Abenteuer des Lebens seien, das Gott wie einen Teppich unter unseren Füßen entfalte. ›In Europa‹, hat er gesagt, ›nehmen die Gläubigen in ihren Gebeten Augen, Hände, Knie und Lippen zu Hilfe. Der Zauber Haitis vor Gott besteht darin, daß, wenn die Seele sich zu Gott erhebt, die Hüften, die Lenden, die Hintern, die intimen Organe sich als gleichberechtigte Kräfte der Erlösung einschalten. Der *Banda*-Tanz ist vielleicht die schönste Art zu beten, auf die man jemals kommen konnte.‹«
Bei diesen Worten, sagte mir Mam Diani, bekreuzigten sich die vor Empörung verstummten Geistlichen. Schwester Hortense warf sich auf die Knie und umklammerte mit beiden Händen den Rosenkranz. »Und dann«, fuhr meine Mutter fort, »ging Cécilia Ramonet, mehr eiserne Witwe denn je, zum Angriff über. ›Meine Herren‹, sagte sie, ›was Sie wollen, ist, das Wunder der Siloés ein zweites Mal zu töten. Sie wollen sie noch über den Tod hinaus der bestialischen Brunft des *Baron-Samedi* aussetzen! Die Brutalität ihres Ablebens genügt Ihnen

noch nicht! Sie wollen sie absolut der Sippschaft heidnischer Götzen ausliefern, die die Christenheit in diesem Land erniedrigen.‹«

»Ich hoffe, du hast Einspruch erhoben«, sagte ich zu meiner Mutter.

»Ich brauste auf. Ich weiß nicht, wo ich den Mut hergenommen habe, dem General César öffentlich zu widersprechen! ›Ich habe Nana Schritt für Schritt durch ihr kurzes Leben begleitet‹, habe ich gesagt. ›Bevor ich ihr Brautkleid nähte, habe ich bereits ihre ersten Kinderkleider genäht. Ich wollte, daß ihre Taufpatin, Germaine Muzac, auch die meines einzigen Sohnes sei. Ich habe gesehen, wie aus Nanita, dem Dreikäsehoch, eine große Schönheit wurde. Sie hätte Ihre Worte nicht gebilligt. Das einzige Mal, daß ich sie vom Tod habe reden hören, wissen Sie, was sie da gesagt hat? Sollte ich jung sterben, möchte ich, daß alle, die mich gemocht haben, meinen Tod im Trubel der Masken und Trommeln des Karnevals erleben!«

Ich hatte Lust, meiner Mutter um den Hals zu fallen, um sie zu loben. Sie hatte das Mädchen meiner Träume nicht verraten!

»Und nach dir, wer hat da noch was gesagt?«

»Der Präfekt Barnabé Kraft höchstselbst. ›Ich habe mich bis jetzt nicht eingeschaltet, damit sich die Meinungen ungehindert ausdrücken können. Meine Ansicht als Präfekt ist folgende: Das Fest geht normal weiter. Ich habe die Ansichten der Siloés und der Danozes eingeholt: André und Denise, Priam und Carmita wie auch ich wünschen keine Veränderung im Ablauf der Festlichkeiten, die Jacmel geplant hatte, um das Glück ihrer Kinder zu feiern.‹«

3

Im selben Augenblick erklang von der nördlichen Ecke des Platzes das Trompetensignal für den Fackelzug. Die Gendarmen des Kommandanten Armantus preschten heran. Als sie die Menge erreicht hatten, fielen sie in Gleichschritt. Mit ihren bloßen Oberkörpern, Turbanen und einer Fackel in der hochgereckten Hand sahen sie alle aus wie die entlaufenen Negersklaven aus der berühmten Truppe des *François Makandal*. Für die Karnevalsmusikanten war dies das Zeichen, die losen Geister, das *Rada*-Trommeln, zu entfesseln. Der *Wodu* erstickte den Lärm der aufmarschierenden Gendarmen wie ein entflammter Hahn das Kreischen eines fliehenden Huhns. Ruckartig stießen die falschen entlaufenen Neger und all die maskierten Leute auf dem Platz unter außerordentlichen Verrenkungen der Schultern und Lenden und mit leicht gebeugten Knien Kopf und Rumpf heftig nach vorne. Hunderte von Menschen drehten sich um sich selbst und kreisten dabei unablässig und wild mit den Hüften. Andere liefen auf einem Bein, taten so, als knieten sie sich hin, und sprangen mit katzengleicher Geschmeidigkeit wieder hoch. Zwanzig Meter vom Katafalk entfernt brachten vollendet abgestimmte Musiker das allgemeine Fiebern zu einem *Casser-Tambour*: Urplötzlich stand die Menge da, ahmte die Leichenstarre Hadriana Siloés nach und verwandelte den Platz in ein Bild aus dem Totenreich. Kommandant Armantus schritt allein auf die Totenbahre zu. Er senkte auf der Höhe von Hadrianas Gesicht die Fackel über den Sarg.

Er sah aus, als horchte er angestrengt auf etwas Tragisches, als hinge er an den Lippen der Toten und tränke folgenschwere Worte. Er hob den rechten Arm zum militärischen Gruß. Doch statt seine Geste zu vollenden, stieß er einen Schrei aus, der nur dem vergleichbar war, den wir einige Stunden zuvor unter dem Gewölbe der Kirche gehört hatten. Rückwärts ging er zur ersten Reihe seiner Gendarmenkompanie zurück. Mit gesenkter Stimme sagte er den Trompetern etwas, worauf sie unverzüglich die Totenfanfare anstimmten. Sofort danach befahl Kommandant Armantus seinen Männern kehrtzumachen und führte sie in gestrecktem Galopp in die Kaserne zurück.

4

Das Verhalten des Kommandanten Armantus sollte eines der verwirrendsten von all den Rätseln bleiben, die unseren gesunden Menschenverstand in jenem Jahr herausforderten. Mehrere Zeugen versuchten, trotz all ihrer Fähigkeiten vergebens, es zu entschlüsseln. Der Soldat verließ eilends die Gendarmerie, Jacmel und das Land, ohne irgendwem auch nur das geringste über die Gründe seiner Panik angesichts der sterblichen Hülle Hadriana Siloés anzuvertrauen.
Glauben Sie mir, wenn Sie wollen: An einem Nachmittag im Winter 1956 nahm ich am Eingang des Pennsylvania Hotels in New York ein Taxi, um mich zur Freiheitsstatue bringen zu lassen. Der schwarze Chauffeur und ich waren uns augenblicklich sympathisch. Er fragte mich auf englisch nach meiner Nationalität. Ich weiß nicht warum, aber ich hatte den Einfall, ihm zu verbergen, daß ich aus Haiti war. Aufs Geratewohl sagte ich ihm, ich sei aus Dahomé. Meine Lüge hatte eine äußerst überraschende Wirkung.
»Sie haben Da-ho-mé gesagt, nicht wahr? Das Land mit dem Hafen *Ouidah*?«
»Ja.«
»Welchen Tag haben wir heute?«
»Freitag, 18. November«, sagte ich.
»Sie haben doch Frei-tag gesagt?«
»Ja, gestern war Donnerstag, und morgen ist Sonnabend.«
»Also: Am Freitag, dem 18. November im Jahr des Herrn 1956 springt ein Bürger Dahomés in das Taxi des Ex-Kommandan-

ten Gédéon Armantus in Richtung Freiheitsstatue in New York! Ist das so?«
»Was ist daran so auffällig?« fragte ich völlig verdutzt.
»Aber alles, mein lieber Herr! Seit achtzehn Jahren warte ich auf dieses Wunder! Das Treffen mit einem Boten aus *Ouidah* an einem Freitag, 18. November! Die drei Elemente der Konjunktion von Tante Euphémie sind da!«
»Tante Euphémie?«
»Meine Großtante, sie ist Anfang der dreißiger Jahre mit über hundert Jahren gestorben. Sie erschien mir 1938 im Sarg einer jungen Französin, die der Tod am Abend ihrer Hochzeit in voller Blüte hingerafft hat!«
»Lassen wir die Freiheitsstatue«, sagte ich ihm überwältigt. »Fahren Sie, egal was es kostet. Erzählen Sie mir alles.«
So kam es, daß ich von Gédéon Armantus selbst den Schlüssel zu seiner wilden Flucht in der Nacht des 29. Januar 1938 erhielt. Während er sich über den offenen Sarg Hadrianas beugte, die Hand bereits zu einem ehrerbietigen militärischen Gruß gereckt, entdeckte er mit Bestürzung an der Stelle des faszinierenden Gesichts, das ganz Jacmel kannte, die mumifizierte Maske seiner alten Tante, die fünf Jahre zuvor im Alter von 107 Jahren gestorben war und ein halbes Jahrhundert lang in der Mädchenschule Célie-Lamour Staatsbürgerkunde unterrichtet hatte. Die frühere Lehrerin habe ihm zugemurmelt:
»Mein geliebter Großneffe, mach mich glücklich, geh nicht von hier, ohne das Totensignal blasen zu lassen. Unter diesem Platz Toussaint-Louverture ruhen einige der größten Geschlagenen der Christenmenschheit!«
Zwei Tage darauf bestätigte *Sôr* Euphémie, als sie in einem *Govi* befragt wurde, ihre Worte und nahm ihrem Nachkommen den Schwur ab, niemals, bei der Strafe eines gewaltsamen Todes, irgend jemandem das Geheimnis anzuvertrauen, dessen Träger er nun war, »es sei denn«, sagte sie, »du triffst eines Tages auf deinem Weg, vorzugsweise in New York bei den Weiß-

amerikanern, an einem Freitag, dem 18. November, dem Siegestag der Neger in *Vertières*, einen Mann aus dem Ort *Ouidah* in Dahomey. Diesem kannst du Mitteilung machen, andernfalls könnte es zu einem gefährlichen Blutgerinnsel in deinem jacmelianischen Hirn kommen!«

5

Die Trompetenstöße des Kommandanten Armantus hatten Jacmel in der Tat an den Rand einer kollektiven Embolie geführt. Es gab auf dem Platz einen Überschuß roter Blutkörperchen, der eine Art existentieller Schwerelosigkeit zur Folge hatte: Einige Minuten lang erlebten wir die Pein, die einen Schwarm Delphine erfassen muß, wenn sie auf einem sonnenbeschienenen Ufer gestrandet sind. Jeder konnte das eigene Atmen und Herzschlagen hören und das seiner Nachbarn. Die Herzen schlugen so rasend, als würden sie von allen Teufeln gejagt. Ich saß neben Anwalt Népomucène Homaire und konnte das Gurgeln der Metaphern hören, die in dem gebildeten Kopf des phantasiebegabten Mannes durcheinanderwirbelten! Vor der kollektiven Thrombose bewahrte uns der Messerstich, den in diesem Moment ein besonnener Jacmelianer geistesgegenwärtig einem jungen Schwein versetzte: Das kreischende Quieken des geopferten Tieres riß die Menge aus ihrem Todeskrampf. Die hundert Trommeln eines neuen *Banda*-Tanzes, der noch wilder war als der vorherige, gaben dem Blut die besten aller Lebensimpulse zurück.

6

Madame Brévica Losange verlor keine Zeit und sprang mit einem Satz in die Rolle, für die sie wohl an einem frühen Morgen im April 1894 im Südwesten Haitis auf die Welt gekommen

war. Sie beugte sich über ihre Basttasche. Würdevoll fischte sie Gegenstände zur Verkleidung heraus: einen Dreispitz, einen roten Uniformumhang, eine Heiligenmaske aus lila Pappe, zwei Säckchen, eine Flasche, Handschuhe und eine Autofahrerbrille aus der Zeit der Jahrhundertwende, eine dicke schwarze Kerze, ein Kiefernholzbündel.
»Was tut sie«, fragte ich meine Mutter.
»Sie bereitet einen ›Angriff‹ auf die bösen Geister des Todes vor. Das ist ein bekannter Beschwörungsbrauch.« Madame Losange legte den Grenadierumhang um, setzte sich den lakkierten Dreispitz auf, zog die Handschuhe an. Nachdem sie Maske und Brille auf ihrem Gesicht befestigt hatte, ging sie ein paar Schritte zum Katafalk und grüßte die Familie Siloé mit einem anmutigen Hofknicks und einem Diener. Sie öffnete die Flasche und verspritzte einige Tropfen des rötlich-hellen Inhalts nach rechts, dann nach links vor den Katafalk und psalmodierte dabei die Formeln: »*Aplo lisa gbadia tâmerra dabô!*« Dabei zeigte sie mit der Flasche in die vier Himmelsrichtungen des Platzes und neigte den Flaschenhals kurz über Hadrianas Gesicht. Nach dem rituellen Trankopfer küßte sie dreimal das lackierte Holz des Sargs. Mit Asche in der hohlen rechten Hand beschrieb sie direkt vor dem Katafalk drei Kreise und darüber ein Kreuz auf dem Boden, dann leerte die Frau ein weiteres Tütchen und malte mit Kaffeesatz die Gestalt eines riesigen Falters mit über einem weiblichen Geschlecht ausgespannten Flügeln.
»Was siehst du?« fragte ich meine Mutter.
»Eine Art Tierkreiszeichen mit eigenartigen Motiven!«

7

Mit ihrer Begabung hatte Madame Brévical vor unseren Augen eine Sphingide gezeichnet, die nach einer Sonnenvulva mit wohlgeformtem Zapfen, herrlich erblühten Lippen und Klito-

ris gierte. Sie nahm Kleinholz, um ein Feuer anzufachen. Alle schauten gebannt den Bewegungen der *Mambo* zu. Die Vertreter der Kirche neigten ihre Köpfe über den Rosenkranz, den sie mit ängstlicher Frömmigkeit durchbeteten. Die Siloés hatten den Blick woanders und beteten einen stillen, den Negern unbekannten Rosenkranz. Die katholischen Notablen von Jacmel – die Vertreter der Familien Frontant, Ramonet, Voucard, Zital, Douzet – schien eine doppelte Beschämung zu bedrükken: erstens die gotteslästerliche Zurschaustellung afrikanischer Sitten; zweitens die kriminelle Entweihung des weißen Fleisches. Die Losange rief die einen wie die anderen brutal in die Gegenwart des Totenkults zurück, dem sie vorstand: »Donner zum Teufel!« schrie sie, »dies Feuer der Erlösung hat Hunger!«
Unverzüglich beeilten sich mehrere Zuschauer, es zu nähren. Jemand warf einen Packen alter Ausgaben der »Gazette du Sud-Ouest« hinein. Beim Anblick der ersten Flammen nahm Lolita Philisbourg ihren Büstenhalter ab und schenkte ihn dem Feuer. Ihre Schwester Klariklé vollzog ein ähnliches Opfer, indem sie ihren italienischen Strumpfgürtel dazugab. Mélissa Kraft und andere junge Mädchen entäußerten sich ihrer Seidenstrümpfe und ihrer Satinunterröcke. Männer warfen in rascher Folge Socken, Krawatten und Taschentücher hinterher. Ein Krüppel gab eine Krücke, der andere einen falschen Arm aus echtem Mahagoni. Man sah einen Bolivarhut, eine Maske mit dem Gesicht des Papstes Alexander Borgia, einen Regenschirm, eine kleine Bank, einen Rattanstuhl, einen gotischen Riesendildo, ein jungfräulich reines Schwesternhäubchen in das wiederbelebte Feuer fliegen. Madame Losanges Gesicht wurde angesichts der fröhlich aufgerichteten Lohe zur freudigen Maske. Sie nahm eine von den zehn Kilo schweren Kerzen, die neben dem Katafalk brannten, und pflanzte sie auf die Zeichnung der Geschlechtsorgane der Toten, um der vom Falter angedrohten Vergewaltigung den Weg zu versperren. Madame Brévica erhob von neuem die Stimme und forderte, ihr

die drei Haupttrommeln des Festes zur Seite zu stellen: den Dicken Zyklon, Meister Timebal und General Ti-Congo. »Fürsten des *Rada*-Rhythmus«, sagte sie und goß den Trommlern Rum ein, »auf in den Kampf zur Rettung der letzten Ruhe der Prinzessin, die hier liegt!«
Schon bei den ersten Takten des Tanzes ergriff der *Große Sankt Jakob*, das Haupt der Familie der Ogou, Besitz von Brévica Losange. Die *Mambo* war sofort besessen und improvisierte ein zu den Trommeln harmonisch passendes Lied:

Loa Sankt Jakob, *heiliger Schutzherr von Jacmel,*
Bewahre uns die schöne Nana, die du hier siehst,
Denn ein verfluchter Falter hat sie verhext.
Du, der du die Sonnenscheide so liebst
Bring sie in unserem Blut wieder zurück ins Leben.
Kehrreim:
Loa Sankt Jakob, *General des Feuers,*
Der du die dicken Mutterbrüste so liebst,
Bring Nana Siloé zurück zur Glut unseres Lebens!

Sobald sich die Menge Melodie und Worte des Liedes merken konnte, geriet die Totenwache außer Rand und Band. Niemand war mehr imstande, auf den Knien zu beten. Alle wurden gewaltsam von der Lust erfaßt, zu singen, zu tanzen, zu schreien, im heiligen Antlitz des Todes zu explodieren. Die Geistlichen, in ihren Vorstellungen vom christlichen Ableben zutiefst verletzt, zogen sich still zurück. Zunächst die beiden Priester der Gemeinde, der Direktor und die Oberin der beiden Klosterschulen, dann die Mönche und Nonnen. Danach erhob sich auf dem Platz keineswegs der Sturm allgemeiner Verderbnis, wie es in den folgenden Tagen und Monaten herumerzählt werden sollte. Alles blieb im Rahmen einer heidnischen Ehrenbezeugung für Hadriana Siloé. Ihr letztes Fest drohte zu keiner Zeit, auch nicht beim Einzug der »Bezauberten Eier«, in ein priapisches Mysterium, eine karibische Walpurgisnacht oder

in unheilige Saturnalien eines verderbten haitianischen Balls umzuschlagen! Im Gegenteil, Trommeln, *Vaccinen* und Blasinstrumente machten Madame Losanges Lied zu einem nächtlichen Sonnenstrahl: Die musikalische Raserei verursachte in jedem Lebenden abwechselnd Tod und Geburt und triumphierende Orgasmusschreie. Dieser Vulkan brannte jenseits der Verbote, die zwischen den Samen schwarzer Männer und den Eizellen weißer Frauen bestehen, die sagenhaften Hindernisse zwischen Thanatos und Eros zu Asche. Der Ausbruch der *Guédés*, die das erhitzte Blut zum Leben erweckt hatte, versetzte die begeisterten Seelen und Körper, Ruten und Scheiden in kosmischen Einklang mit der verrückten Hoffnung, Nana Siloé dem Tod zu entreißen und den Stern ihres Fleisches erneut in unserem Leben zu entzünden. Diese unsinnige Hoffnung elektrisierte die Menge. Außer Madame Losange nahmen noch mehr Leute die Persönlichkeit eines *Loa* an. Unter diesen Besessenen, die – unter anderen – von *Aguoé-Taroyo*, *Damballah-Ouèdo*, *Baron-Samedi* und mehreren *Guédés* bestiegen wurden, fiel eine etwa zwanzigjährige Schwarze auf, deren Gesicht unter einem weiten Federhut, wie man ihn von mexikanischen Drucken kennt, und hinter einer von Schleiern und Spitzen hübsch umwogten Maske des Todes verborgen war. Sie war in nichts als eine duftige Wolke bestickten Tülls gehüllt. Die *Mambo* machte ihr ein Zeichen, ans Feuer zu kommen. Sie flüsterte ihr etwas ins Ohr. Auf dem Platz wurde gemunkelt, die Unbekannte sei vom *Loa Erzili* besessen, der Bewahrerin der klaren und süßen Wasser, der Schützerin der unendlichen Zauber des Lebens.
»Was glaubst du, wer das ist?« fragte ich meine Mutter.
»Die Besessene – weiß ich nicht, wer das sein kann. Eben ein sehr hübsches Mädchen! Was die *Loa* angeht, die habe ich erkannt: Es ist eine spanische Gottheit, die schwarze Jungfrau von Altagracia. Sie stammt aus Hatuey in der Dominikanischen Republik. Außer *Erzili* nennt man sie auch noch Fréda Toucan-Dahomin. Das ist eine sehr gute Gottheit, die auf bei-

den Seiten der Grenze verehrt wird. Auch auf Kuba und in Brasilien wird sie geliebt und umhegt. Fréda wacht über die Wonnemonde und ganz allgemein über die Liebesakte.« Die umwerfende Fréda entdeckte die erotische Zeichnung am Boden vor dem Katafalk. Sie schien in dem *Vevé* das genitale Leuchten ihres eigenen Traumtäschchens wiederzuerkennen. Sie grüßte höchst ehrerbietig. Dann fingen Madame Losange und Fréda an, von den anderen *Loas* getrennt, mit den Schultern und den Füßen zu rollen und Finten, Luftsprünge und Volten zu machen, als würden sie vom Auf und Ab einer unsichtbaren Welle getragen. *Sankt Jakob der Große* (Brévica) tanzte meisterhaft. Doch wir hatten nur für seine Partnerin im Brautschleier Augen. Ihre Schönheit und ihre Anmut wurde nur von der Toten übertroffen. Ihrem *Yanvalou-dos-bas* entströmte atemberaubende Sinnlichkeit: Unter dem durchscheinenden Schleier ahmten die nackten Formen den wiegenden Gang eines Traumschiffs perfekt nach. Als sie aufhörte, um die Feuerstelle zu tanzen, nahm sie ihren Schleier ab und tat, als wollte sie ihn anzünden. Dann strich sie sich damit wie mit einem schaumigen Badeschwamm über den Hals, die Brüste, den Hintern, zwischen die Schenkel. Nach dieser heiligen Waschung hüllte sie sich wieder in den Schleier und hielt ihn in die Höhe, um mit *Jakob dem Großen* die Lendenschwünge einer märchenhaften Paarung nachzuahmen.

8

Titus Paradou wählte genau den Augenblick der symbolischen Paarung, um die »Bezauberten Eier« der berühmten Brüderschaft aufmarschieren zu lassen. Diese jungen Leute gingen im Gänsemarsch hinter ihrem Anführer her; sie hielten sich an den Taillen, reckten den Kopf nach vorne, wirbelten mit den Hüften und stampften mit den Füßen im Takt eines *Nago-Grand-Coup*. Die ansteckende Musik brachte den ganzen

Platz in Aufruhr. Überall wogten Schlangen von maskierten Frauen und Männern, die historische Figuren darstellten. Mit kurzen und hastigen Schritten schüttelten sie ihre Schultern und schwangen die Becken, als wollten sie sich alle Knochen ausrenken. Zu diesen Masken gesellten sich die Honoratioren und alle, die bis dahin aus Angst, den stummen Schmerz der Siloés zu verletzen, eingezwängt in ihre Zuschauerrolle ihre Sitze nicht zu verlassen gewagt hatten. Meine Mutter und ich, wie auch Anwalt Homaire, Henrik Radsen, die Zwillinge Philisbourg, die Schwestern Kraft, mein Onkel Féfé und manch anderer, gaben der Begierde nach, uns dem tanzenden Ameisenhaufen anzuschließen.

Angeführt von Titus Paradou, Madan Brévica und Erzili umkreiste die *Farandole* siebenmal den Katafalk. Jeder konnte beim Tanz um den offenen Sarg persönlich Abschied nehmen. Der allgemeine Eindruck – der in der Folgezeit reichlich kommentiert wurde – war, daß der Tod Nanas Gesichtszüge überhaupt nicht verändert hatte. Sie schien friedlich mit leicht geschlossenen Augen zu ruhen. Unaussprechliche Freude umspielte ihren Mund. Es war, wie Anwalt Homaire später sagen würde, »das Lächeln eines Wesens, das nun gänzlich mit dem Geheimnis seines unterbrochenen Liebestraums ringt«.

In den verrückten Kommentaren, die der Beitrag des Rechtsanwalts auslöste, sollte immer wieder und in den merkwürdigsten Formen der Vergleich mit dem Lächeln der Gioconda auftauchen. Anwalt Homaire hatte unter anderem geschrieben: »Im bläulichen, mit dem Brautschleier eins gewordenen Dunst des frühen Morgens erstrahlte Hadriana Siloés Tod in einer Art sublunarer Verzauberung, die durch die rätselhafte Fröhlichkeit der Lippen noch verstärkt wurde. Wie bei Mona Lisa schien der Zauber des Gesichts aus sich selbst zu kommen, denn es war befreit von den beklemmenden Banalitäten des Todes und wunderbar getragen von der inneren Glut, die der ewigen weiblichen Schönheit zukommt.«

Ende 1946, als ich nach Paris kam, stürzte ich außer Atem in den Louvre zu dem berühmten Bild Leonardos, als sei es das erste Rendezvous mit Nana Siloé außerhalb von Jacmel. Ich war zutiefst enttäuscht. La Gioconda mochte das Meisterwerk eines genialen Malers sein, aber verglichen mit dem jungen Mädchen meiner Erinnerung, schien sie doch ohne jede innere Flamme zu grinsen. Im Geflecht meiner unheilbaren Sehnsucht war Hadrianas Brautputz unberührt; die Haut ihres Halses und ihrer Hände war so glatt und frisch wie eine vor Sonnenaufgang gepflückte Mangofrucht. Der Tod hatte ihrer Schönheit eine Art freudiger Verinnerlichung verliehen, als sei sie von einem noch wundersameren Traum als Leben und Tod zusammen erfüllt. Ihr Mund erinnerte nicht an ein legendäres Lächeln, sondern an eine vor Frische berstende Frucht, in die jeder dürstende Mund bis zur Verzückung hätte beißen mögen.

9

Um sechs Uhr früh malte der Sonntag, 30. Januar, die Bäume des Platzes Ton in Ton. Die *Farandole* des Titus Paradou hatte die Nacht zu ihrem Höhepunkt geführt. Vor der Bestattung blieb nur noch die Ur-Figur des Karnevals zu verbrennen. Die Zwillinge Philisbourg sorgten für eine der großen Überraschungen dieser Totenwache: Sie tauchten mit einer Puppe auf, die einen riesigen Falter darstellte: Wir erkannten den großen Abwesenden des Festes: Balthazar Granchiré. Wie auf einen Schlag hörten die Leute zu singen und zu tanzen auf. Weil das Feuer am Erlöschen war, wurden erneut alte Zeitungen, falsche Brüste, lackierte Dreispitze, Slips, Höschen und mit vollen Händen grobes Seesalz hineingeworfen.
Die Zeremonie hätte beinahe schlecht geendet; ein junger Mann, dessen Verlobung durch den Falter entzweigegangen war, gab einen Pistolenschuß auf dessen Doppelgänger ab. Die Kugel blieb weniger als einen Zentimeter von Lolita Philis-

bourgs linker Brust entfernt im Werg der ausgestopften Puppe stecken. Mit einem lebhaften Machetenhieb schnitt Fréda Toucan-Dahomin das erregte Geschlecht symbolisch ab, das den Falter zierte. Kaum war er entmannt, wurde er dem Feuer anvertraut. Unter feierlichem Schweigen verbrannte er. Jemand schrie: »Tod dem Granchiré! Nana ist auferstanden!« Das Echo des Hoffnungsschreis waren die ersten Klänge des Totengeläuts, das die Bestattung verkündete. Vater Naélo und Vater Maxitel, voran ein Kreuzträger, erschienen. Mühsam bahnten sie sich einen Weg zu der Kapelle aus Kerzenlicht. Die Zeit für die Aussegnung war gekommen. Die beiden Frauen konnten gerade noch den Daumen in die glühende Asche der Karnevalspuppe stecken. Vor den Augen der Priester zeichneten sie ein Kreuz auf die Stirn von Hadriana Siloé. Auch das Fest war erstorben. Und obwohl es schwerfiel, den bunten Trubel der wilden Tollerei der vergangenen Stunden abzuschütteln, bemühten sich alle um innere Sammlung.

Viertes Kapitel

Requiem für eine kreolische Fee

Der Tod und die Schönheit gehen in Tiefen
Voll Schatten und Azur, so daß wir glauben,
Es seien zwei furchtbare wie fruchtbare Schwestern
Desselben Rätsels und desselben Geheimnisses.
Victor Hugo

1

Die Strecke, die die Place d'Armes von der Kirche trennt, ist nur kurz, und dennoch trafen wir, die wir hinter dem Sarg gingen, vollkommen außer Atem ein. Die festliche Dekoration des Heiligtums war unverändert. Pater Naélo hatte die in lebhaften Farben gehaltenen Hochzeitsfahnen nicht durch Trauerbehänge ersetzen lassen. Man konnte glauben, die Feier des Vorabends sollte schlicht und einfach wiederholt werden. Nach dem KYRIE ELEISON der Nonnen und den Worten des Buchs der Weisheit und des Evangeliums nach Johannes brachte uns die Predigt des Pater Naélo wieder schonungslos in die fürchterliche Wirklichkeit zurück.

»Hadriana war ihr heiliger Taufname«, begann der Geistliche. »Anstelle der christlichen Totenwache, die ihrer Reinheit würdig war, hat Jacmel ihr die Schmach einer Karnevalsnacht angetan. Zum Unrecht ihres Todes hat sich der Skandal der Masken und Tänze des zügellosesten Heidentums gefügt.

Wir müssen es zugeben: Jacmel hat einen zersetzenden Sabbat gegen die Unschuld seiner Fee angezettelt. In Wahrheit, liebe Brüder, benötigte Hadriana Siloé weder die Hilfe der *Guédé-Loas*, um vor ihren wahren Gott zu treten, noch die Begleitung der Tamtams, noch den makabren und obszönen Tanz. Dieser heidnische Pomp hat ihren Tod schwer entweiht.

In diesem schrecklichen Januar, o Herr, rufen wir Dich um Vergebung an für alle, die den unberührten Morgen Deiner geliebten Blume besudelt haben. Wir erbitten für Hadriana wie für das um seinen Engel trauernde Jacmel die Barmherzigkeit des Vates, des Sohns und des Heiligen Geistes!

Die strahlende junge Frau, die wir hier vor uns sehen, war für das irdische Leben mit einer besonderen Gabe versehen. Herr, der Du im Himmelreich vorsitzt, laß, bei dem schweren Aufstieg zur Gemeinschaft der Heiligen, das Wasser Deiner Barmherzigkeit frisch und rein über ihre Füße fließen.

O liebenswürdiger Jesus Christ, unser Erlöser, nimm Hadriana auf wie ein Wachtposten das Morgenrot! Vergib Deiner kleinen Stadt Jacmel die Verstöße des Wodu. Die Jacmelianer schenken Dir ihr Herz und weihen sich ganz Dir, und ihre Liebe ist erfüllt von Hoffnung für Madame Hector Danoze, in aller Ehre und allem Glanz!

O Herr, wir bitten für Deine Dienerin
Die kreolische Fee Hadriana Siloé,
wir bitten für ihren Stern,
der einmal nur erstrahlte!
Heilige Maria, Mutter Gottes,
bitte für die armen Sünder von Jacmel
jetzt und zur Stunde ihres Todes,
nimm von uns die Masken
und die Trommeln des Unglaubens.

Im Gedenken an die Taufe, die dieser königliche Leib hierselbst im Hause ihres Vaters empfangen hat, in dem sie mit neunzehn Jahren den Tod fand; im Gedenken an ihre leuchtende Schönheit; im Gedenken an den Schein ihrer Seele, die klarer war als das klare Blau des Himmels, Herr, laß Dein gütiges Lächeln, das jenseits des Schmerzes und der Tränen ist, sie an der Pforte des Paradieses empfangen! Gott befohlen, Madame!«

Am Ende dieser Totenfeier streute der Chor der Nonnen eine Handvoll lateinischer Worte über die untröstliche Karibik an diesem Sonntag ohne Nana Siloé. Die Köpfe der immer noch maskierten Christenmenschen wurden in meinen verwirrten Augen plötzlich zu kleinen Kokosnußlampen voller Palmöl: »Accende lumen sensibus, infunde amorem cordibus, informa nostri corporis, virtute firmans perpeti ... De profundis ... Dies irae, dies illa ... Libera me ... Dona eis requiem ... in paradiso ...«

2

Zum zweiten Mal in weniger als vierundzwanzig Stunden trugen haitianische Arme sie eilig aus der Kirche ihrer Kindheit. Am Ausgang schlugen die blakenden Lampen lebhaft mit ihren Eulenflügeln im sonnenerstrahlten Morgen. Hunderte von Leuten waren nach dem Ende der Ausschweifungen mit lahmen Gliedern nach Hause gegangen. Die, die Nana bis zum Ende das Geleit gaben, bildeten dennoch eine beeindruckende Menge. Der Geleitzug setzte sich in einem Meer von Blumen hinter dem Kreuzträger hastig in Bewegung. Von der Kirche zum Friedhof waren es höchstens tausend Meter. Hundert Meter vom Eingangsportal wurde der Weg steiler. Liebhaber der Bestattungszeremonie nannten diese Bodenwelle »Schamhügel der Melpomène Saint-Amant«. An dieser Stelle bäumte sich die Kolonne auf wie ein scheuendes Tier. Ein Mann mit dem Auftreten des *Baron-Samedi* bat die *Guédés*, den Sarg aus den apostolischen Händen zu nehmen. Die *Loas* fingen sogleich zu singen und zu tanzen an. Ein Zögern erfaßte sie, und sie gingen mit der Toten mal zurück, mal voran, mal machten sie Umwege oder plötzliche Kehrtwendungen und nötigten den gesamten Leichenzug, dasselbe zu tun. Dreimal wiederholten sie diesen Tanz um den erotischen Umkreis der Saint-Amant, ehe sie sich dazu entschlossen, ihn im Laufschritt zu überqueren.
»Warum machen die das?« fragte ich meinen Onkel Féfé.
»Die Götter führen den kleinen guten weißen *Engel* Nanas irre, damit er den Weg nach Hause nicht mehr findet.«

3

In der Hauptallee übernahmen der Präfekt Kraft, Henrik Radsen, Anwalt Homaire und mein Onkel Ferdinand die Rolle der Guédés. Wir waren noch ein Stück von der Grabstätte entfernt. Da den Siloés keine Familiengruft gehörte, hatten sie eine Grabstelle auf einer Anhöhe erhalten, von der aus die ganze Weite des Golfs zu überblicken war. Die Totengräber warteten im Schatten eines Mandelbaums. Beinahe hätten sie beim Anblick der Masken, die zwischen den Gräbern in ihre Richtung gelaufen kamen, die Flucht ergriffen. In einem Kreis umschlossen wir Hadrianas Eltern. Pater Naélo nahm den Weihwasserwedel, den ihm ein Chorknabe reichte. Feierlich besprengte er den Sarg, der noch offen neben der aufgehäuften Erde stand, mit Weihwasser. Würde eine Rede gehalten werden? Die Sargträger wollten schon die Seile unter dem Sarg hindurchziehen, als Anwalt Homaire ihnen bedeutete zu warten. Jemand reichte ihm ein langes schwarzes Etui. Er nahm die Flöte heraus, die seine Nachbarn bestens kannten. Zunächst spielte er eine erhabene Melodie, die, auch wenn sie in Jacmel nicht bekannt war, doch lebhafte Gefühle hervorrief. Alle, auch die katholischen Priester und die *Wodu*-Götter, weinten. Jahre später entdeckte ich in der Mailänder Scala, daß das Stück aus Giuseppe Verdis »Nabucco« stammte: Die Melodie des Chors der gefangenen Hebräer, »Va Pensiero«! Zum Schluß spielte der Anwalt »Sombre Dimanche«, ein damals sehr populäres Lied, von dem es hieß, es habe unter den Verliebten der gesamten Welt zahlreiche Selbstmorde ausgelöst. Überall war sein Text bekannt, und die Menge konnte den Flötisten begleiten:

Ich werde eines Sonntags, an dem ich zuviel gelitten habe,
sterben,
dann wirst du zurückkehren, doch ich werde nicht mehr
dasein,
Kerzen werden als sanfte Hoffnung brennen
für dich, ganz allein, für dich werden meine Augen offen sein;
fürchte dich nicht vor meinen Augen, wenn sie dich nicht sehen
können,
werden sie dir doch sagen, ich liebte dich mehr als das Leben.

An diesem finstren Sonntag mit Armen voll Blumen
bin ich allein geblieben in meinem kleinen Zimmer,
wohin, ich wußte es, du nicht kommen würdest,
ich murmelte Worte der Liebe und des Schmerzes,
ich blieb allein, und ich weinte ganz leise
und hörte dabei den kalten Dezemberwind.

Finsterer Sonntag!

Im strahlenden Sonntag von Jacmel erzeugte dieses Lied eine unerwartete Wirkung. In aller Augen blitzte Freude durch die Tränen. Fröhliche Laute eines sonnigen Morgens drangen in die Beerdigungszeremonie: Ein Hahn, der in einem benachbarten Bananenhain drei Hühner gleichzeitig umbalzte; zwischen zwei von wilden Chrysanthemen rotgefärbten Hecken ritt ein jugendliches Paar auf einem ungesattelten Rotschimmel; Vögel stellten einander hingebungsvoll in dem in der Brise des Meers singenden Mandelbaum nach. Der haitianische Tag, unendlich blau soweit die Augen reichten, ließ die Traurigkeit im wundervollen Azur des Golfs zerschmelzen. Die Trauer stand unserem Abschied nicht. Sogar das Geräusch der Kiesel auf dem Sargholz sollte in unserer Erinnerung noch jahrelang wie ein Echo des Lebens klingen, das stärker war als der Kummer.

4

Am Montag, dem 31. Januar, eilte ich, sobald der Vormittagsunterricht am Pinchinat-Gymnasium beendet war, überstürzt nach Hause. Mam Diani, mein Onkel Féfé und seine Frau, Tantchen Emilie, unterhielten sich lebhaft im Schneideratelier. Es hielt sie trotz ihres Beruhigungstees nicht auf den Sitzen. Ohne mir Zeit zu einem Wort zu lassen, reichte mir meine Mutter eine Tasse.

»Was ist denn jetzt passiert?« fragte ich nach einem Schluck.
»Bitte, Patrick, trink noch eine«, sagte meine Mutter. »Féfé kommt gerade von den Siloés: Nana ist aus ihrem Grab verschwunden!«
»Erzähl!« sagte ich, erstarrt, zu meinem Onkel.
Ein Sargträger, der einen Spaten am Grab vergessen hatte und zurückging, fand das Grab leer. Mehr tot als lebendig nahm er Reißaus und rannte zum Pfarrhaus. Pater Naélo hörte seinen Worten aufmerksam zu. Dem von Keuchen und Stottern unterbrochenen Gestammel des Mannes entnahm er folgendes:
Anstelle der vor aller Augen sichtbar begrabenen schönen Braut verdunstete dort in der Hitze der Sonne eine Pfütze Wasser! Der Priester schlug sofort Alarm bei den Behörden. Außer meinem Onkel, dem Untersuchungsrichter, schlossen sich der Präfekt Kraft, Hauptmann Cayot (der den Kommandanten Armantus vertrat), der Gerichtsmediziner Doktor Sorapal und Anwalt Homaire für die Presse dem Priester an, um zum Friedhof zu gehen. Unter dem Mandelbaum, wo Madame Hector Danoze am Vortag bestattet worden war, gähnte ein Loch mit nichts anderem als einer schmalen flachen Pfütze vom letzten Wolkenbruch. Leichnam, Sarg, Blumen – alles war verschwunden!
Auf Anweisung des Präfekten protokollierte mein Onkel sofort den Vorfall. Entsprechend dem Paragraphen 246 des geltenden Strafgesetzes würde strafrechtlich gegen Unbekannt ermittelt werden wegen Grabschändung, Geiselnahme des kleinen guten weißen *Engels* während der Trauung und verbrecherischer Entführung der ins Leben zurückgekehrten jungen Ehefrau.
Darauf gingen die Amtsleute, die ganz außer sich waren, zu den Siloés. Der Präfekt eröffnete ihnen, daß in der Nacht vom Sonntag zum Montag ihre Tochter, vermutlich Opfer eines Ritualverbrechens, aus ihrem Grab entführt und mit Gewalt an einen unbekannten Ort verschleppt worden sei.

Hadrianas Eltern nahmen die Nachricht und die betretenen Erklärungen Pater Naélos mit einer ungläubigen und zugleich fatalistischen Miene auf. Nach den Ereignissen am Samstag konnte sie nichts mehr auf der Welt erschüttern. Ihre Meinung stand fest: Während Hadrianas Totenwache und bei ihrer Beerdigung war die haitianische Wunderwirklichkeit als rührende Ehrerbietung an ihre Schönheit durchgebrochen. Nicht willens, an den Herzstillstand zu glauben, der Nana am Fuß des Altars hatte zusammenbrechen lassen, hatten die Jacmelianer mit ihrer nekrophilen Einbildungskraft ihre Tochter einem Feenmärchen zugewiesen. Das Verschwinden ihres Leichnams veranlaßte sie zu diesem Sprung in eine von Todesangst erfüllte Phantasiewelt. Es war der Tribut, den sie in ihrem Unglück der Magie ihrer Wahlheimat zu zahlen hatten.

»Denise und ich«, schloß André Siloé, »können leider genausowenig wie Sie, meine Herren, oder Sie, Euer Ehrwürden, gegen den Nebel von Fabeln und Erfindungen tun, die in Haiti die Bestimmung von Tod und Leben verhängnisvoll umgeben. Es würden sogar Christus selbst, wenn er sich in die haitianischen Angelegenheiten mischen wollte, um dieser Fatalität entgegenzutreten, wie der Venus von Milo die Arme fehlen.«

»All das wurde mit Humor und mit fester Stimme gesagt«, versicherte mein Onkel.

»Keiner von euch hat gewagt, nachzufragen?« fragte meine Mutter.

»Nein, nach solchen Worten mußte man sich vor dem ergebenen Schmerz des Paares beugen und schweigen. Das war es, was wir taten. Wir haben uns alle sechs auf Zehenspitzen entfernt, ohne den vitalen Punkt oder vielmehr das Tot-Lebendige des Themas anzuschneiden!«

»Das wäre deine Rolle gewesen, Féfé«, sagte seine Frau.

»Das meine ich auch«, sagte meine Mutter. »Wer in Jacmel hat mehr als du das Recht, von Zombies zu sprechen?«

»Ich hatte ja schon vor, alles zu erzählen. Im letzten Moment

habe ich mich besonnen. Für die Weißen wäre der Zombie eine der mythischen Formen des haitianischen Schicksals. Die Siloés hätten meine Erinnerungen lächerlich gemacht.«
»Von was für Erinnerungen redest du, Onkel Féfé?« fragte ich. Mit äußerst geheimnisvoller Miene wies er mit dem Zeigefinger auf mich.
»Es handelt sich da, junger Mann, um ein bedeutendes Geheimnis des Lebens!« sagte er belehrend. »In unserem Land wiederholt sich die Geschichte mit Sicherheit mehr als sonst irgendwo«, fügte er hinzu und stützte den Kopf in die Hände.
»Wozu das geheimnisvolle Getue?« sagte ich. »Erzähl, Onkel Féfé.«
»Was meinst du, Diani, soll ich ihn einweihen?«
»Nach dem, was passiert ist, ist es wohl besser«, sagte meine Mutter. »Er ist davon doch genauso betroffen wie du.«
»Das ist eine lange Geschichte. Damit du meine eigenen Erinnerungen überhaupt verstehst, mußt du erst mal über Zombies ganz allgemein aufgeklärt werden. Laß uns das auf den Abend verschieben. Ich muß jetzt gehen, bei Gericht ist viel zu tun.«

5

Also sprach Onkel Féfé

An diesem Abend hörte ich zum ersten Mal einen Erwachsenen von Bedeutung, »einen Mann des Gesetzes und des Geistes und der Geister obendrein« (wie man humorvoll meinen Onkel nannte) über Zombies sprechen. Bis dahin war es mir ein noch undurchdringlicheres Geheimnis gewesen als die Empfängnis nach der Schwellung des Heiligen Geistes. Als wir Kinder waren, ließen uns die Zombiegeschichten keine Ruhe. Wenn uns während der langen Sommerferien in den Hügeln der Umgebung Jacmels spätabends unglaubliche Geschichten

erzählt wurden, lief es uns eiskalt den Rücken hinunter, und die Haare standen uns zu Berge.
Für meinen Onkel Ferdinand war ein Zombie – Mann, Frau, Kind – ein Mensch, dessen Stoffwechsel unter der Wirkung eines pflanzlichen Gifts so verlangsamt war, daß er in den Augen des Gerichtsmediziners alle Anzeichen des Todes aufwies: allgemeine muskuläre Hypertonie, Gliederstarre, nicht wahrnehmbarer Puls, Atemstillstand, keine Augenreflexe, Absinken der Körpertemperatur, bleiches Gesicht, negativer Spiegeltest. Trotz dieser Todessymptome behielt das zombifizierte Subjekt seine geistigen Fähigkeiten. Für klinisch tot befunden, in den Sarg gelegt und öffentlich begraben, wurde dieses Wesen einige Stunden nach seiner Bestattung von einem Zauberer aus seinem Grab geraubt, um zur Zwangsarbeit, sei es in einem Lager als Garten-Zombie oder in einer städtischen Werkstatt als Werk-Zombie eingesetzt zu werden. Gab es Zweifel an der Natürlichkeit eines Todes, war es üblich, um jedes Risiko der Zombifizierung auszuschließen, dem Toten eine Machete, ein Rasiermesser oder eine Pistole in die Hand zu geben, damit er sich bei der Rückkehr ins Leben wehren konnte. Manchmal grub man ihn mit einem Garnknäuel und einer Nadel ohne Öhr ein, um seine Aufmerksamkeit von den möglichen Umtrieben des Zombiemachers abzulenken; oder man legte Sesamkörner in seine Reichweite, die er während seiner ersten Nacht unter der Erde einzeln abzählen sollte. Nicht selten ließ man Formalin in die Adern einer Leiche spritzen, oder ein Mitglied seiner Familie bat einen Totengräber, ihm die Glieder zu brechen, ihn zu erwürgen oder ihm den Kopf abzuhacken.

6

Arzneibuch des Zombiemachers oder Zombifers Pharmakopöe

Das enorme Nachlassen des Stoffwechsels war die erste Phase auf dem Weg zur Zombifizierung. Der *Houngan*, der Zombies macht, hatte meistens einen Komplizen, der oft aus dem Umkreis des Opfers kam und der diesem die gewünschte Menge einer hochgiftigen Substanz verabreichen konnte. Für das verbreitetste Zombie-Rezept benötigte man folgende Zutaten: getrocknete Seeteufelextrakte, Gallenblase des Maultiers, Abschabungen vom Schienbein eines tollwütigen Hundes, gemahlene Knabengebeine, Knorpel des Kugelfischs und Natterknöchelchen, alles in einem Mörser oder mit einem Mahlstein zu Pulver gemacht, dazu Schlafmohn, der Saft von Hagebutten, Schwefelpulver und ein paar Mottenkugeln. Diese Mixtur kam in eine Lösung von unraffiniertem weißen Rum, Rizinusöl und Teufelsdreck.

Die Einnahme des Gifts bewirkte das sichtbare Schwinden der wichtigsten Lebensfunktionen. Diese sinken auf ein Niveau nahe Null, an den Grenzpunkt der Unumkehrbarkeit, wo das Abenteuer der Verwesung einsetzt. In den Stunden nach der Beerdigung der zombifizierten Person macht sich der *Bokor* an die Wiederbelebung des falschen Leichnams. Dazu war die Eingabe eines Gegengifts nötig, das aus Stechapfel, den getrockneten Blättern mehrerer Pflanzen, darunter des Stinkbaums, des Säulenkaktus, des Pockholzbaums besteht. Diese Zutaten wurden in einer großen *Coui* Meerwasser aufgelöst, die zuvor bei der Scheidenwaschung einer Schwangeren im siebten Monat oder zweier Zwillingsschwestern eine halbe Stunde nach einem normal daheim vollzogenen Beischlaf oder zwei Abende vor ihrer nächsten Blutung benutzt worden war.

Die Einnahme des Gegengifts allein genügte nicht, aus dem

wiedererweckten Menschen einen hundertprozentigen Zombie im vollen Sinn des Wortes zu machen. Das Gegengift verhinderte, daß er wirklich starb, brachte den Organismus aus dem Zustand eines Winterschlafs und ließ den Körper die Gifte schnell ausscheiden. Die Zellen, die bei Untertemperatur nur schwach funktionierten, arbeiteten wieder normal, und die Sauerstoffzufuhr gab dem Blut, das sich stundenlang nur stoßweise im Kreislauf bewegt hatte, seinen natürlichen Rhythmus zurück. Das Subjekt war reif für die Schlußphase der Zombifizierung. Der Hexer mußte ihm nur noch seinen kleinen guten *Engel* nehmen, indem er die kosmischen Kräfte manipulierte, die das Vegetative mit den geistigen Prinzipien des Menschseins verbinden. Unter dem Einfluß dieses höchsten Zauberakts wurde die Seele des Untoten von seinem Körper getrennt und in eine Flasche gebannt.

Onkel Féfé erzählte mir von einer Glanzleistung, die 1932 der *Bokor* Okil Okilon vollbracht hatte, der Mann, der Balthazar Granchiré in einen Aufreißerfalter verwandelt hatte. Durch den Spalt eines halb geöffneten Fensters saugte er zur Stunde der Siesta die Seele eines konkurrierenden Arztes auf und pustete sie in eine Kristallkaraffe. Später auf dem Friedhof, nach der Beerdigung, brauchte er nur den engen Hals des Gefäßes dem Doktor Oruno de Niladron unter die Nase zu halten, um ihn wieder zu beleben. Damit gelang Okilon ein Meisterstück.

Am häufigsten wartete der Räuber des kleinen guten *Engels* den falschen Tod seiner Beute ab, um mit Hilfe seiner magnetischen Macht die Seele, die er in die Flasche stecken wollte, vom lebendigen Körper zu trennen. Seines kleinen guten *Engels* beraubt, konnte der vermeintliche Tote sprechen, sich bewegen, essen und arbeiten. Er bekam eine strenge salzfreie Diät, da Salz allgemein für seine teufelabwehrenden Eigenschaften bekannt ist. Sehvermögen, Gehör, Geruch, Geschmack und Tastsinn des Zombie funktionierten, kaum verändert, von nun an in geringerem Tempo. Da er keinen eigenen Willen mehr hatte, wurde der Mann, die Frau oder das Kind zu einem Mündel, gehorsam wie ein Esel und vom Zauberer vollkommen abhängig, ohne allerdings ein Schizophrener im Zustand hysterisch katatonischer Starre zu sein …

7

Nachdem er mich von diesen grundsätzlichen Bedingungen für eine Zombifikation unterrichtet hatte, zog mein Onkel Féfé ein Buch aus seinem Bücherregal.
»Sieh mal«, sagte er, »ehe ich weiter erkläre, lies den Paragraphen 246 in unserem Strafgesetzbuch.«
›Es gilt ebenfalls als Tötungsversuch durch Gift der Gebrauch, der davon gegen eine Person mit Mitteln gemacht wird, die, ohne zum Tod zu führen, einen mehr oder weniger anhaltenden Zustand der Lähmung zur Folge haben, welcher Art diese Mittel, die gebraucht wurden, und welche die Folgen davon auch seien.
Wenn infolge dieses Lähmungszustands die Person beerdigt worden ist, wird der Versuch als Mord betrachtet.‹
Darauf erwähnte mein Onkel zwei bekannte Zombie-Geschichten. Sie hatten damals im Mittelpunkt der nationalen Gerichtsberichterstattung gestanden. Die erste Geschichte hatte ich von Scylla Syllabaire bei seinen abendlichen *Erzählrunden* auf dem Platz mehr als einmal gehört. Es war ein »Klassiker« des Zombie-Romanzeros. Im Bericht meines Onkels bekam er allerdings den Glanz eines beinah selbsterlebten Vorfalls. In der Tat hatte Onkel Féfé Constant Polynice, einen unmittelbaren Zeugen des Geschehens auf der Insel Gonave, sehr gut gekannt. Er war es, der in den zwanziger Jahren William Seebrock auf die Spur gebracht hatte und der seinerseits 1929 den Schmöker *Geheimnisvolles Haiti – The Magic Island* (Bestseller in den USA) veröffentlichte. In der Zeit zwischen den Kriegen wurden daraufhin die Zombies auf Hollywoods

Zelluloidstreifen Mode. Es war die Geschichte von Ti-Joseph, einem Zombiemacher. Scylla hatte sie unter dem Titel »Die Flüchtlinge vom Teufelsberg« verbreitet.

An einem Morgen im Januar 1918 hatte sich Ti-Joseph aus Colombier mit seiner Frau Croyance am Anstellungsbüro der Zuckerfabrik *Hasco* an der Spitze einer Kolonne zerlumpter Bauern vorgestellt, die bereit waren, in den Pflanzungen der amerikanischen Gesellschaft kräftig die Machete zu schwingen. Bei der Einstellung waren diese Männer mit dem stumpfen Gesichtsausdruck und dem erloschenen Blick außerstande, ihre Personalien anzugeben. Ti-Joseph erledigte es für sie: Sie kamen aus dem Ort Teufelsberg, einem verlorenen Weiler an der haitianisch-dominikanischen Grenze. Es war das erste Mal, daß diese Arbeiter in die Ebene kamen und den Lärm, die Unruhe und den Rauch einer modernen Fabrik kennenlernten. Ti-Joseph und seine Frau garantierten für hervorragende Arbeitsleistungen. Den Zeugen der Szene war bewußt, daß es sich um zombifizierte Arbeitskräfte im Dienste des Paars aus Colombier handelte. Es waren arme Teufel, die eines Nachts aus ihrer falschen letzten Ruhe gerissen worden waren, um weiterhin für einen herzlosen Brotherrn zu schuften. Zwei Wochen lang zeigten sie sich unter der schnalzenden Peitsche Ti-Josephs als Meister des Buschmessers. Jeder schaffte das Dreifache der Arbeit des besten Zuckerrohrschneiders der Saison. Zwölf Stunden hintereinander, von der kurzen Unterbrechung für das Mittagessen abgesehen, gingen sie unter der unerbittlichen Tropensonne im Gleichschritt von Feld zu Feld und schlugen alles auf ihrem Weg nieder. Es war wie ein Ballett. Am Abend durften sie in ihrer Baracke das üppige Mahl genießen, das Croyance ihnen zubereitete: gewöhnlichen Maisbrei, wassergekochte Gemüsebananen, schwarze Bohnen, die lediglich mit Knoblauch und Paprika gewürzt waren, um die aufrührende und umstürzlerische Wirkung des Salzes nicht aufkommen zu lassen.

Bis Ende Februar ging alles gut. An diesem Sonntag machte

sich Ti-Joseph mit den Taschen voller Münzen nach Port-au-Prince auf, um sich unter die lärmigen Umzüge des Karnevals zu mischen. Seine Mannschaft ländlicher Klingenschwinger überließ er Croyance, die solche Aufsichten gewohnt war. Als sie am frühen Nachmittag mit dem Sonntag rang, der für ihren Geschmack zu langsam dahinging, kam sie auf die Idee, ihre verzauberten Arbeitnehmer zu einem Ausflug ins Nachbardorf La Croix-des-Missions mitzunehmen. Bei der Ankunft versammelte sie ihre kleine Gesellschaft unter einem Sonnenschutz. Die aus der Zeit geworfenen Zombies brauchten diese nicht totzuschlagen wie Croyance, die ironischerweise Salzgebäck knabberte und mit Blicken den feiertäglichen Spaziergängern folgte. Auf einmal rief eine fliegende Händlerin: »Bonbons! Pistazienbonbons! Das Tütchen zehn *Cobs.*« Es waren gesalzene, mit Rohrzucker überzogene Erdnüsse. »Wenn die Bonbons aus Zucker sind«, dachte Croyance, »bereiten sie meinen kleinen Freunden aus dem Jenseits doch sicher eine große Freude.« Sie kaufte ein paar Tüten und verteilte sie an ihre Zombies. Diese lutschten und kauten sie in der Tat mit Genuß. Nach einem Augenblick erhoben sie sich wie ein einziger Tiger und machten sich geradewegs zum Teufelsberg, ihrem Geburtsort, auf. Bei der Ankunft wurden sie von ihren Angehörigen sogleich als Vater, Bruder, Verlobter, Vetter oder Freund wiedererkannt, die sie in den vergangenen Jahren zu Grabe getragen hatten. Ungerührt von der Verwirrung, die ihr Erscheinen ausgelöst hatte, begaben die Zombies sich zum kleinen Landfriedhof, wo ein jeder sich blitzschnell ein neues Grab grub, um sich endgültig zu bestatten ...

8

Nach der Geschichte von Ti-Josephs Jungens erzählte mein Onkel von Gisèle K., mit der er als Zwanzigjähriger selber zu tun gehabt hatte, als er gerade sein Studium an der juristischen

Fakultät von Port-au-Prince begonnen hatte. Gisèle K., ein wunderschönes Mädchen von sechzehn Jahren, gehörte zu einer Familie reicher Exporteure aus der Oberschicht der Hauptstadt. Am 6. Oktober 1908, einem Sonntagnachmittag, wurde das Mädchen von einer Embolie auf der Stelle dahingerafft. Am nächsten Tag brachte man sie mit einem äußerst bewegenden Trauerzug unter die Erde. Acht Monate darauf erkannten Schülerinnen des Internats der Sœurs de la Sagesse bei einem Wandertag ihre verstorbene Kameradin auf einem abgelegenen Bauernhof. Barfüßig und in Lumpen, doch genauso schön wie vor ihrem Ableben, war sie dabei, ein Rudel wilder Hunde abzurichten. Als die Eltern davon erfuhren, ließen sie den Sarg ausgraben: Er war bis an den Rand mit kaum verwesten Kokosnüssen gefüllt.

Durch die von den Schülern gewiesene Spur gelang es der Polizei, das Mädchen in ihr Elternhaus in Bois-Verna zu bringen. Ihr geistiger Zustand war äußerst besorgniserregend. Sie wurde nach Philadelphia geschickt, wo es hervorragenden amerikanischen Psychiatern, denen sie anvertraut wurde, in weniger als einem Jahr gelang, sie vollständig zu heilen. Mit Zustimmung ihrer Familie betrat sie Haiti nie wieder. Im April 1911, nachdem sie an der Seite von Mack Sennett im ersten Horrorstummfilm um ein burleskes Zombie-Abenteuer mitgespielt hatte, verließ sie die Vereinigten Staaten und reiste nach Paris. Im Jahr darauf nahm sie als Schwester Lazara vom Kinde Jesu den Schleier.

Man hatte kürzlich erfahren, daß sie Oberin ihres Karmeliterinnenklosters in Puy-de-Dôme geworden war, nicht weit vom Dorf Saint-Gervais-d'Auvergne.

Am Samstag vor ihrem falschen Tod hatte sie mein Onkel, nachdem er mit ihr bis in den Morgen auf einem Ball des berühmten Cercle Bellevue getanzt hatte, mit Bravour entjungfert. Ihre Paarung im Clubgarten hatten sie als ein so gleißendes Fest in Erinnerung, daß sie noch dreißig Jahre später, trotz des mystischen Ausgangs des Dramas, das sie getrennt hatte,

zu jedem Jahreswechsel Glückwünsche austauschten, die noch von den Zärtlichkeiten jener Nacht überströmten.
Mein Onkel Féfé zog einen frankierten Umschlag aus der Tasche. »Das ist ihr letzter Brief«, sagte er. »Vom 24. Dezember 1937. Ich habe ihn vor einer Woche erhalten. Heute morgen wollte ich ihn den Eltern Hadrianas vorlesen. Du weißt, warum ich es nicht tat. Das hier ist der greifbarste Beweis für den haitianischen Scheintod. Am besten, du liest ihn ...

Saint-Gervais-d'Auvergne
am 24. Dezember 1937
Rechtsanwalt Ferdinand Paradizot,
Jacmel (Haiti).

Mein lieber Féfé,
für einmal entreiße ich Dir die Initiative für unseren traditionellen Austausch guter Wünsche. Der Grund meiner Übereilung ist recht einfach: 1938 feiert mein erster Tod seinen dreißigsten Geburtstag. Am 9. Oktober 1908 warst Du hinter meinem Sarg in dem beeindruckenden Trauerzug, der mich zum Friedhof von Port-au-Prince geleitete, sicherlich einer der drei oder vier wirklich untröstlichen Menschen. Ich habe die Tiefe Deiner Trauer noch vor Augen, Féfé. Ich höre noch, wie Deine leidenschaftliche Studentenstimme über meinem falschen Leichnam bricht. »Gise, ich liebe Dich. Ein Leben lang sei Dir Dank für das, was gestern im Garten des Cercle Bellevue geschah.«
Oft gedenke ich Deiner im Gebet. In ein paar Stunden, zwischen Mitternacht und dem Tagesanbruch über dem Schnee, werde ich ganz die Erinnerung unseres Liebesabschieds mit dem Jubel der Weihnachtslieder verbinden. Am Horizont unseres Dorfs macht der Antichrist von Berchtesgaden ein Spektakel wie von tausend Teufeln. Sein römischer Kumpan hat es gewagt, dem Heiligen Vater den Segen für die Horden bewaffneter junger Männer zu entreißen, die er auf unsere wehrlosen Brüder in Abessinien gehetzt hat.

Die Nachrichten, die uns aus Spanien erreichen, sind ebenso traurig: Nonnen, die in Klöstern vergewaltigt werden, rote Sabbate, an denen mit Militärgewalt die Gottesdienste unterbrochen, die Priester gemordet und ihre Kirchen angezündet werden, in Hunderten von spanischen Dörfern. Eines jedoch bedrückt meinen kleinen guten mulattischen *Engel*: Für das Heil des katholischen Spanien hätte Gott auch Besseres finden können als die weltliche Hilfe dieses General Franco und seiner »gottlosen Mauren«, die vom Hakenkreuz und vom Operetten-Duce unterstützt werden. Der Wille Gottes ist unergründlich. Beim vergossenen Blut, ave Maria, wie wahr das ist, Féfé!
Vor einem Monat wurde in einer kleinen Meldung in »La Croix« von einem gräßlichen Massaker an haitianischen Landarbeitern durch einen gewissen Generalissimus Leonidas Trujillo in der Dominikanischen Republik berichtet. Könntest Du in Deiner Antwort meine Information darüber vervollständigen? In diesem Winter weht ein wirklich sibirischer Wind um den Stall von Bethlehem. Ein Grund mehr, den Geist des göttlichen Kindes in unserem (trotz allem fröhlichen?) Jammertal warm zu halten.
Ich habe meine liebe Not, das Jahr des letzten Balls in meinem ersten Leben zu vergessen. Wie geht es dem verführerischen Kavalier vom Samstag, dem 6. Oktober 1908? Was für ein Talent Du mit zwanzig Jahren hattest, in des lieben Gottes Garten das romantische, vertrauensvolle und schließlich vom Glück hingerissene junge Mädchen, das ich in Deinen Armen war, ›bis zum Hinscheiden‹ zu betören!
Sei ein aufrechter und nachsichtiger Richter, Féfé. Jesus segne Dich und Deine Familie für die Dauer eines guten und glücklichen Jahres 1938. Ich umarme Dich.

Dein aus der Ferne treuer Zombie,
Schwester Lazara de l'Enfant Jesus.
(Gise in Deiner Erinnerung!)

Zweiter Satz

Fünftes Kapitel

Das Leiden an Hadriana

1

Dreißig Jahre nach dem »Verschwinden« von Hadriana Siloé kamen Reisende, die sich zum Ort ihrer Geburt gewagt hatten, mit ein und demselben Eindruck zurück: Jacmel verkommt; Jacmel ist ein Marktflecken im Niedergang; Jacmel erlebt das Grauen eines unerbittlichen Verfalls. Alles schien André Siloé recht zu geben: Der Liebe Gott der Christenheit hatte in unserem Nest nie eine Heimat. Mit der Schönheit seiner Tochter waren auch Zeit und Hoffnung, Zweifel und Vernunft, Mitgefühl, Zärtlichkeit und Lebenswille aus Jacmel verschwunden. Der Ort schien einer finsteren Bestimmung zu folgen, hin- und hergerissen von Wellen bösartiger Wechselfälle des Lebens, zu denen sich ebenso zerstörerisch die unersättlichen Anstifter von Verzweiflung und Vernichtung gesellten und sich unvermeidlich durchdrangen, nämlich Feuersbrünste und Zyklone, Trockenheit und Infektionen, Präsidentschaft auf Lebenszeit, Malaria und Staat, Erosion und Homo *Papadocus*. Keines der Zeugnisse, die mir im Lauf meiner Irrwege eines Jacmelianers im Exil in die Hände gerieten, erinnerte daran, daß Jacmel bis zum Abend des Samstags, 29. Januar 1938, so recht und schlecht dem Weg eines Lebens folgte, das voller Charme und Hoffnung in Einklang mit den freien und frohen Entscheidungen individuell denkender Menschen verlief.
Im Jahr 1972, an einem Aprilnachmittag im »Quartier Latin«, las ich zu meiner Überraschung in »Le Monde« einen Artikel, der in einem vollkommen anderen Ton gehalten war als die, die mir in den vorhergegangenen Jahrzehnten unter die Augen gekommen waren. Über die abgedroschenen Bilder des vor Einsamkeit sterbenden Städtchens kam er auf das Los des unternehmerischen, lebhaft florierenden und glänzend funktionierenden Hafens zu sprechen, der noch am Ende meiner Jugend zu Jacmel gehört hatte, zur Zeit Hadriana Siloés, in den schönen und sinnlichen Jahren vor »der schmalen flachen Regenpfütze, die sich in der Sonnenhitze verflüchtigt«. Hier ist

der Text mit der Überschrift »Brief aus Jacmel«, den ich unter den sonnenbeschienenen Bäumen des Jardin du Luxembourg entdeckte.

2

*Brief aus Jacmel**

Im Süden der Insel, an der gegenüber von Venezuela gelegenen karibischen Küste, ist Jacmel die Stadt, die von Port-au-Prince auf dem Seeweg am weitesten entfernt ist. Über Land trennen die beiden Orte weniger als achtzig Kilometer. Fährt man von der einen Seite zur anderen, kann man das Innere von Haiti entdecken, die die schönste, sinnenfreudigste, echteste von den karibischen Inseln ist. Was Port-au-Prince mit dem Ort verbindet, der einmal der modernste der Insel war, verdient den Namen Straße nicht. Der kleine Provinzort war berühmt dafür, mit dem weiter westlich gelegenen Jérémie die Stadt der Dichter zu sein und nacheinander zwei ins Exil gegangene liberatores *aufgenommen zu haben: Francisco Miranada und Simón Bolívar. An seiner von Winden gepeitschten, mit Riffen gespickten Reede soll Miranda sogar die venezuelanische Flagge entworfen haben. Nach fünfundzwanzig Kilometern, die ein französisches Unternehmen neu geteert hat, wird aus der Straße, je nach topographischen Gegebenheiten, ein erdiger, lehmiger oder geschotterter Weg voller Schlaglöcher oder eine Piste oder Rutschbahn. In der trockenen Jahreszeit ist das nicht schlimm, und die Fahrt dauert höchstens drei, vier Stunden. Aber in der Regenzeit braucht man fünfzehn bis zwanzig Stunden, um an die hundert oft in Sturzbäche verwandelten Furten zu durchqueren, wenn man nicht von vornherein darauf verzichten muß.*

* »Lettre de Jacmel« von Claude Kiejman, *Le Monde*, April 1972

Wenige Fahrzeuge versuchen es: Jeeps, selten Volkswagen, eine regelmäßige Verbindung bieten »Tap-Taps«, diese Gemeinschaftsverkehrsmittel, die man auf gut Glück nimmt, die halb Kremser, halb Lastwagen, bunt bemalt und mit malerischen Namen versehen sind: »In Gottes Gnaden«, »Schöne Marie«, »Die erneuerte unbefleckte Empfängnis«, »Vertrauen in Gott«. Darin sitzen dicht gedrängt Männer, Frauen und Kinder auf Bänken, die an den Rändern der Ladefläche aufgestellt sind. Auf dem Dach und hinten am Boden festgezurrt die Haustiere. Die Kampfhähne vermischen ihre Schreie zu einer ohrenbetäubenden Kakophonie mit dem Grunzen gefesselter schwarzer Schweine aller Größen, deren Köpfe über der Leere schweben. Auf der Fahrt bleibt das »Tap-Tap« mehrere Male im Schlamm stecken. Alle steigen aus. Man erholt sich ein wenig, man reckt sich, man singt vor sich hin. Gemächlich schiebt man, zieht man, entreißt man das Fahrzeug dem Lehm.
Die Landschaft ist durch und durch tropisch. Hie und da wild und zerklüftet, ist sie vom Menschen kaum berührt. So schlingen sich Bäume, Sträucher, Blumen ineinander, die den Reichtum der haitianischen Vegetation bilden; Sandelholz, Lorbeer, Mangobäume, Sapotillbäume, Nachthyazinthe, Orchideen, Fuchsschwanz, Oleander und Flieder. Von einem »morne« (Hügel) zum nächsten verändert sich das Land. Die Kaffeesträucher werden angebaut von den Bewohnern der »lakous«, das sind Ansammlungen von Hütten aus Holzgerüsten und auf ein Gitterwerk von Zweigen aufgetragenem getrocknetem Lehm und Kalk, in denen vielköpfige Familien ohne den geringsten Komfort leben. Neben der Hütte ein Schwein, ein paar Hühner, manchmal eine Ziege, drei Steine als Feuerstelle. Nackte Kinder mit tiefschwarzen Augen, die noch nie von der Schule gehört haben. Während der Erntezeit ist der Mann auf dem Feld, sonst sitzt er auf der Schwelle seiner Hütte oder schaukelt in einer Hängematte unter dem gelben Blick der Hunde.

Die Frauen sind die Oberhäupter der Familie. Sie kochen, waschen, ziehen die Kinder auf, führen die Wirtschaft. Mehrmals in der Woche gehen sie zum nahe gelegenen Markt, der seit Generationen in einem Weiler an der Kreuzung mehrerer Täler stattfindet, um die Erzeugnisse ihres Ackers zu verkaufen oder einzutauschen: Avocados, Mangos, Guajaven, Gombos, Maniok, Wunderkörner ... Sie tragen ein einfaches Kleid aus hellem Baumwollzeug, das ihnen bis zum Knie reicht, die Haare sind zu zig kleinen Zöpfen geflochten und mit einem hinten am Kopf geknoteten Tuch bedeckt, auf dem riesige Lasten im Gleichgewicht ruhen, sie gehen allein oder in Gruppen, mit herrlichem Gang, mit langen und gestreckten Beinen, und immer barfuß.

Unermüdlich, schweigend, die Pfeife im Mund, gehen sie im Gänsemarsch und treten schüchtern zur Seite, wenn ein Auto vorüberfährt. Um sich auszuruhen, setzen sie sich mit gespreizten Beinen auf ihre Fersen.

Hat man die letzte Furt durchquert, gelangt man in die Ebene von Jacmel. Schon sieht man das Meer. Der Boden ist fruchtbarer, es ist die große Gegend des Kaffees, der einst zusammen mit der Baumwolle am Ursprung des Reichtums der Insel stand. 1895 wurden fünfundzwanzigtausend Säcke Kaffee aus Jacmels Hafen nach Europa geschickt sowie Baumwolle, Orangenschalen für Cointreau und Ziegenhäute. Jacmel war damals eine liebenswerte, blühende, strahlende und gepflegte Stadt, die sich in ihrem Geschmack als französisch, in ihren Bräuchen als kreolisch und politisch als liberal empfand. Die Stadt war ans Meer gebaut, die hölzernen Wohnhäuser, mit geschnitzten und skulptierten Verzierungen, wie man sie auf den Zeichnungen von Charles Adam sieht, standen zwischen prall gefüllten Läden. Bis ungefähr 1880 war der Hafen von Jacmel der erste und einzige Hafen der Insel, der regelmäßig von einer Dampfschiffahrtslinie angesteuert wurde.

Es war auch Jacmel, wo sich die Reisenden aus allen Teilen Haitis auf den luxuriösen Ozeandampfern der Royal Mail

nach Europa einschifften, die für die Überfahrt nach Southampton dreizehn Tage brauchten, was damals ein Rekord war. Schließlich konnte sich Jacmel rühmen, eine der wenigen Städte Haitis mit einem – 1864 gegründeten – Gymnasium zu sein, das sich bis heute in demselben Gebäude befindet. Es war auch die erste Stadt der Insel mit Elektrizität und Telefon.
Feuer und politische Intrigen sollten diesem Glanz ein Ende setzen. Heute gibt es hier nur noch die Erinnerung. Der Hafen ist versandet, die großen ockergelben Zollgebäude sind geschlossen, die Häuser sind nach den vielen Orkanen wackelig, die Straßen still und leer. Kinder spielen in den Gossen, ein paar Frauen, die sich unter den Stützen des Eisernen Markts vor kleine Haufen Körner, getrocknete Fische oder Früchte gehockt haben, warten auf Käufer. Als Gipfel der Verfeinerung verbietet ein Schild auf kreolisch, die Straße zu verunreinigen. Telefon gibt es nicht mehr und elektrischen Strom wie überall in Haiti nur mit Unterbrechungen. Auf dem Platz Toussaint-Louverture reckt das alte Rathaus, auf dem man noch die Spur von »Freiheit – Gleichheit – Brüderlichkeit« erkennen kann, die Reste seiner Mauern in das Blau des Himmels, durch welche der Ozean zu sehen ist.
Am Sonntag erwacht die Stadt mit den Glocken zur Sechs-Uhr-Messe und durch Gottes Gnade für einen Tag. Von haubentragenden Nonnen geleitet bewegen sich Hunderte von Kindern in blauen und weißen Uniformen zur Kirche und singen geistliche Lieder. Der Markt bebt von Rufen und Schreien.
Auf den Straßen, oder was an deren Stelle getreten ist, die nach Raymond-les-Bains, dem früheren Seebad, führen, folgen Gruppen im Sonntagsstaat einem offenbar endlosen Weg, Frauen mit pastellfarbenen Strohhüten, Männer in Jacketts, die ihre Großväter bereits getragen haben müssen. In den drei Schenken von Jacmel folgen unter freiem Himmel zwei oder drei vergnügte Paare dem Rhythmus einer kleinen Kapelle mit Gitarre, Marimbas, Kastagnetten oder Palos.
In der Pension Kraft, die von zwei alten Damen geführt wird,

ißt man gut. Die Zimmer sind im alten Stil möbliert und öffnen sich auf Holzbalkone; hier nächtigt der Reisende unter den in Rahmen aufgereihten Blicken der verschiedenen Präsidenten Haitis, einschließlich des verblichenen Papa Doc und seines Sohnes Jean-Claude, der heute an der Macht ist. Man kostet von der echten kreolischen Küche (raffinierte Saucen; Avocados mit Räucherhering; Tafelspitz vom Huhn, dessen Stücke mit Zitrone und Paprika eingerieben sind; gebackene Bananen und Kartoffeln, Guajavenkonfitüren, Rumcocktails), aufgetragen von stummen Mägden, die einem zwischen den Gängen Kühlung zufächeln. Jacmel lebt in der Vergangenheit, so wenig glaubt es an seine Zukunft.

3

Beim Lesen der ersten Zeilen dieses Artikels erwartete ich mit jeder Sekunde mit klopfendem Herzen, daß seine Autorin sich auf das Leben und den Scheintod von Hadriana Siloé bezöge. War sie nicht bis zum Abend ihrer Hochzeit durch den außergewöhnlichen Glanz ihrer Jugend eine Blüte von Jacmels Pracht gewesen? Am Ende ergriff mich tiefste Betrübnis: Nicht die mindeste Anspielung auf Hadriana. Die tragischen Umstände ihrer »Verflüchtigung« tauchten nicht bei dem Feuer, nicht bei den Orkanen und nicht bei den politischen Ränkespielen auf, die mit Recht als die Plagen erkannt wurden, die Jacmels Wohlstand beendet hatten. Die unvergessene Schönheit der jungen Französin wurde nicht als eine der Quellen der Wehmut aufgeführt, die die Jacmelianer verzehrte. Als hätte es das »Hadrianaweh«, das mich gehindert hatte, meinen zwanzigsten Geburtstag in meiner Heimat zu feiern, und das Kreuz meiner Jahre im Exil nie gegeben und als hätte es keine Spur in Jacmels verwüsteter Erinnerung hinterlassen.
Die Zuverlässigkeit der Sonderkorrespondentin war nicht anzuzweifeln. Wahrscheinlich hatte sie bei ihren Recherchen der

Erinnerung ihrer Gesprächspartner kein Wort bezüglich der Siloé-Geschichte entlockt. Dabei waren doch die beiden alten Damen der Pension Kraft, in der sie untergekommen war, genauso gute Zeugen gewesen wie ich, um eine Journalistin von den Ereignissen von 1938 zu unterrichten. Sie hatten mir gegenüber zudem den beachtlichen Vorteil, seit jenem Jahr weiterhin an der Place Toussaint-Louverture zu wohnen.
Mélissa und Raissa Kraft waren Jugendfreundinnen Hadrianas gewesen. Vom Kindergarten bis zur mittleren Reife hatten die drei gemeinsam die nur wenige Schritte von ihren Häusern entfernte Schule Rose-de-Lima besucht. Ich hatte sie oft untergehakt gehen oder durch die Alleen des Platzes radeln sehen, als ihre ausgelassene Jugend die Tage der Menschen und Götter zu verschönern begann. Für mich waren sie die drei kreolischen Grazien und bereits ganz genauso bezaubernd und unzertrennlich wie das Trio griechisch-römischer Gottheiten: Aglaia, Thalia, Euphrosyne. Vier Jahre später, am Strand von Raymond-les-Bains, waren sie mit ihren herrlichen Figuren die ersten, die mir auf die tänzerische Art, sich im Badeanzug barfuß über den Sand zu bewegen, zeigten, daß die Bewegung des weiblichen Körpers, der ganz aus Kurven und fröhlichen Rundungen besteht, bald die Leidenschaft und das Ergötzen der erstaunlichen geometrischen Figur sein würde, die sich bei mir, wenn sie vorbeigingen, verhärtete und wunderbar auffuhr!
Bei Hadrianas Hochzeit hatten die Schwestern Kraft die aufregende Gruppe der Brautjungfern angeführt und waren somit den Ereignissen näher gewesen als die wohlgerundeten Philisbourg-Zwillinge, ebenfalls junge Haitianerinnen, mit denen Nana eng befreundet war. Hatte Mélissa nicht in der Kirche ihr Kleid zerrissen, als sie sah, wie ihre Freundin mit dem »Ja« der Verderbnis zusammenbrach? Nach der Zombifikation der »Toten« hatten Mélissa und Raissa, die der Kummer erdrückte, vorschnell den Schutzheiligen der Gemeinde gelobt, bis zu Nanas Rückkehr ins Elternhaus jedem geschlechtlichen

Verhältnis zu entsagen. Ihr Warten sollte das ganze Leben lang dauern. Ihr Gelöbnis verurteilte den sich sträubenden Körper zu einem grausamen Zölibat: Da weder die eine noch die andere eine Neigung zur Keuschheit in sich spürte, waren sie auf ihre üppige Schönheit nicht wenig stolz gewesen.

4

Imaginäres Interview im Jardin du Luxembourg

Mit dem »Brief aus Jacmel« in meinen vor Wehmut zitternden Händen konnte ich nicht umhin, mich anstelle der Schwestern Kraft in ein imaginäres Interview zu verwickeln, um die in der Zeitung erschienenen Informationen zu vervollständigen. Ich nahm die Verfasserin freundschaftlich beim Arm.
»Kommen Sie mit mir. Ich muß Ihnen etwas über Jacmels Vergangenheit enthüllen.«
Ich führte die junge Frau auf den Balkon im zweiten Stock der alten Präfektur. Mit dem Ellenbogen auf das schmiedeeiserne Geländer gestützt, hatte man einen hervorragenden Blick über den ganzen unteren Teil des vom Quai gesäumten Ortes. Es war eine wunderschöne Abenddämmerung. Die Schatten der Kapokbäume des Platzes verblichen zu unseren Füßen. Die Strahlen der untergehenden Sonne blendeten die Augen nicht. Das Licht auf der Meeresoberfläche und auf den rostigen Blechdächern der Häuser, deren Holz von den Unbilden des Wetters geschwärzt war, wurde milder mit mal rosa, mal lila Tönungen. Unter das Laubwerk der Mangobäume, Tamarinden und Kokospalmen gekauert, schienen sie sich ängstlich aneinander festzuhalten, als könnten sie gemeinsam besser der bedrohlichen Nachbarschaft des Golfs und den vorüberjagenden Razzien der Wirbelstürme widerstehen. Auf einem Hügel über den jämmerlichen Häuschen erkannte man in einem herrlichen Garten ein Wohnhaus im Kolonialstil, weiß und grün,

dessen Flügel mit dem Hauptgebäude vollkommen harmonierten. An der Seitenfassade, die an die Rue d'Orléans grenzte, öffneten sich die Fensterläden mit ihren in der Mitte horizontal geteilten Flügeln auf große, zurückgesetzte Fenster. Ganz oben an dem zweistöckigen Gebäude war in roten Lettern auf weißem Grund das Schild dieses traumhaften Orts »Manoir Alexandra Hotel« zu lesen.

»Stimmt es, daß es in diesem Hotel spukt?« sagt C. K.

»Ist das eine vertrauliche Mitteilung der Schwestern Kraft?«

»Nein, beide haben auf meine Fragen sehr geheimnisvoll reagiert.«

»Sie hätten weiterfragen sollen. Dort ist das Haus, in dem eine Frau Ihres Landes von ihrer Geburt bis zum Abend ihres falschen Todes gelebt hat – mit neunzehn Jahren, in ihrem Brautgewand!«

»Das klingt wie ein Märchen.«

»Es ist eine Geschichte, die 1938 begann. Die Richtigkeit ist in allen Einzelheiten nachzuprüfen. Ursprünglich hieß das Hotel ›Hadriana Siloé Palace‹. Einen Monat nach der Einweihung mußte der Besitzer, ein amerikanischer Theaterunternehmer aus Cincinnati (Ohio), unter dem hysterischen Druck des Präfekten und der Bewohner HADRIANA durch ALEXANDRA ersetzen. So hieß seine älteste Tochter, die eine glückliche Familienmutter ist.«

»Brachte HADRIANA Jacmel also Unglück?«

»HADRIANA, voll ausgeschrieben auf der Fassade des alten Anwesens, das wäre Tag und Nacht das Eisen in Jacmels Wunde gewesen, das heißt ein noch schrecklicheres Leid als das, was Sie in Ihrem Artikel beschrieben haben. Das wäre zuviel für eine von der Geschichte bereits mit Feuer, Wirbelsturm und politischer Katastrophe geschlagene Einwohnerschaft gewesen.«

»Ist das Mädchen ermordet worden?«

»Noch schlimmer: Scheinbar das Opfer eines Herzanfalls, war sie am Morgen nach ihrer Beerdigung aus ihrem Grab verschwunden! Wenn so etwas in Haiti passiert, brauchen die Leute keine Erklärungen mehr. Allen war klar, daß ein Zauberer die junge Braut aus dem Friedhof verschleppt hatte, um sie sich irgendwo in den Bergen der Insel gefügig zu machen. Die Nachricht verbreitete sich an jenem Morgen wie ein Erdbeben!«

»Schon wieder eine Zombie-Geschichte! In letzter Zeit sind die Bücher über Ihr Land voll davon. Das scheint es immer wieder zu geben. Bevor ich von Paris abreiste, kannte ich schon drei. Ihre ist sicherlich selbstgemacht: Mit der würzigen Sauce der Schwestern Kraft! Kann man wirklich an Zombies glauben?«

»Ein Freund von mir, ein Neurologe mit trockenem Humor, hat erst letzten Samstag auf solch eine Frage in meinem Beisein folgendes geantwortet: Wer an Zombies glaubt, ist ein Trottel, und wer nicht daran glaubt, ist ein noch größerer Trottel! Dieses idiotische Dilemma ist der gordische Knoten der Haitianer. Seit dreißig Jahren versuche ich wenn schon ihn nicht durchzuschlagen, ihn doch wenigstens für mich in Vergessenheit zu bringen. Als habe ihn das Schicksal an einer Ecke meines Taschentuchs festgeknotet ...«

»Nach dem, was Sie sagen, gibt es zwischen dem Tod der jungen Frau und dem Niedergang ihrer kleinen Stadt einen Zusammenhang. Sehe ich das richtig?«

»Genauso ist es! Durch die Geschehnisse von '38 hat in Jacmel der Zusammenhang zwischen Ursachen und Wirkungen aufgehört. Die natürliche Verbindung zwischen Wirklichkeit und Wunderbarem wurde durch das Verschwinden von Hadriana Siloé gestört. Seitdem konnte jede ursächliche Verbindung, und sei sie bloß eingebildet, in ihren Folgen so real sein wie der Wirbelsturm Inès, einer der wüstesten, die Jacmel erlebt hat. Aber lassen Sie uns auf Hadriana Siloé zurückkommen. Wo waren wir gerade?«

»Am frühen Morgen ihrer Rückkehr zum Leben.«

»Am Tag vor ihrer Zombifizierung auf dem Friedhof sei es ihr, die stärker war als ihre Entführer, gelungen, sich unter einem sintflutartigen Wolkenbruch davonzustehlen. Sie hätte an zahlreiche Türen geklopft, angefangen mit der dieses Anwesens. Niemand hätte ihr geöffnet. Ihre Verfolger hätten Zeit gehabt, sie einzuholen und gefangenzunehmen.«

»Der Regen hätte verhindern können, daß man ihre Hilferufe hörte. Ich kann mir keine französischen Eltern vorstellen, die für die Rufe ihrer Tochter taub bleiben, selbst wenn sie aus dem Totenreich zu ihnen zurückkäme!«

»Die Siloés schliefen im zweiten Stock des Hauses, in dem Zimmer, das am weitesten vom Eingang entfernt war. Wahrscheinlich konnten sie wegen des Unwetters nichts hören. Überall sonst schliefen die Leute nicht weit vom Eingang. Schaun Sie, ich will Ihnen nichts verschweigen, auch bei uns schlugen Hadrianas Fäuste an das Holz der Tür. Es hat meine Mutter, meinen Onkel Féfé und seine Frau, die Hausangestellten, mich, der ich hier mit Ihnen rede, aus dem Schlaf geschreckt. Wir blieben eingerollt in unser Bettzeug. Es war uns doch viel bequemer, das verzweifelte Hämmern für den Lärm der Regenböen zu halten! Wie so viele andere Familien lebten wir im Glauben an die Macht der Zauberer und in der Heidenangst, die das mit sich brachte, und wir waren unfähig, auch nur das geringste zur Rettung unserer Freundin zu tun. Die Katholiken blieben dabei, daß Jacmel Hadriana am Abend ihres Todes dem Schlimmsten ausgesetzt habe, trotz der Warnung des Priesters und des Vikars, die Totenwache nicht zusammen mit den Ausschweifungen eines *Wodu*-Karnevals zu halten.

Nein, das Bacchanal und die Masken hatten damit gar nichts zu tun. Wir alle, Christen und Heiden, haben Hadriana aus einem anderen Grund ihren Zombiemachern überlassen.«

»Und welcher war das?«

»Die Wirksamkeit des Zaubers (das habe ich bei Lévi-Strauss gelernt) ist ein Phänomen sozialer Übereinstimmung. Dieser hat auf Kosten von Hadriana Siloé gewirkt. Wenn ein ganzer

Ort im Einklang mit seinen Traditionen davon überzeugt ist, daß ein Mensch unter dem doppelten Einfluß eines Gifts und eines Vorgangs höchster Hexerei zum Untoten werden kann, dann darf in solchem Fall nicht erwartet werden, daß sich die dem Opfer Nahestehenden an seine Rettung machen. In dieser Nacht war es in aller Bewußtsein, es war die Sorge eines jeden, die zum Zombie gemachte junge Braut zu entfernen, sie wie eine Gefahr für das Gemeinwesen grob zurückzustoßen in ihr unabwendbares Schicksal. Und so geschah es in Jacmel.«

5

Prolegomena zu einem Essay ohne Folgen

Grau, teurer Freund, ist alle Theorie
und grün des Lebens goldner Baum.
Goethe

Am Nachmittag dieses erdachten Interviews im Jardin du Luxembourg, als ich in das Hotel Ségur zurückkehrte, in dem ich damals wohnte, faßte ich den Entschluß, in der Erinnerung zu den Ereignissen von 1938 und zu ihren furchtbaren Folgen für die Arbeit und das Leben in Jacmel zurückzukehren. Es war nicht das erste Mal, daß ich mir – mehr oder minder energisch – vornahm, ein Buch darüber zu schreiben. Meine erste Idee war, im Rahmen eines Essays über den Rang und die Rolle des Zombie-Phänomens im verfallenden Jacmel von Hadriana zu erzählen. War meine Heimatstadt nicht ein einziger Zombie? Nach der Darstellung, die mir mein Onkel Féfé noch am selben Abend im frischen Eindruck von Hadrianas »Verflüchtigung« gegeben hatte, haben meine Nachforschungen bei Landsleuten und meine Lektüren und Recherchen im Ausland meine Kenntnisse vom Wesen der *condition zombi* nicht wesentlich bereichert. Auf ein Geheimnis folgten hundert weitere …

In jedem Buch über den *Wodu* fand sich zwangsläufig ein Kapitel über das Zombietum in Haiti. Der Autor jagte darin atemlos einem unfaßbaren Gespenst nach. Zu einem gewissen Zeitpunkt wurde die Flut der Arbeiten über diesen Aspekt zu einer blühenden Industrie, die, ob akademisch oder nicht, von der wüstesten Sensationsgier bis zur gebildetsten wissenschaftlichen Untersuchung reichte. Ich wollte auf halbem Wege zwischen Fortsetzungsroman und Monographie ein persönliches Zeugnis ablegen, das zugleich neu und fundiert leidenschaftlich und bündig sein sollte, und hoffte so, die Diskussion zu Ehren meiner so sehr Geliebten auf ihr höchstes Niveau zu heben.
Anfang der sechziger Jahre begann ich, mir über die angesammelten Notizen ernsthaft Gedanken zu machen. Die Niederschrift wurde jedoch viel zu oft unterbrochen und im Exil vernachlässigt und reifte nicht heran. Während es mich in die ganze Welt verschlug, schleppte ich es von Land zu Land als lachhaften Beweis meines Scheiterns an Hadriana Siloés Spuren. Am Abend des 9. April 1972 packte ich es zum x-ten Male seit zwölf Jahren aus. Ich hatte die feste Absicht, meinen Essay zu Ende zu bringen. Vor mir lagen die Blätter mit meinen Arbeitshypothesen. Ich hatte sie zu neun Sätzen zusammengefaßt und ihnen einen Titel gegeben, der zu einem Essay nicht paßte: »DAS ABENTEUER EINES ›KLEINEN GUTEN WEISSEN ENGELS‹ IN JACMEL«.

Erster Satz
(Allgemeiner historischer Abriß)
Das Phänomen der Zombies dürfte im Zusammenfluß von Strömungen der Zauberei liegen, die in den verschiedenen Zivilisationen der Welt phantastische Kuckuckseier in die Nester ländlicher Kulte legten, denen der Wodu und seine besondere »Woduerei« verwandt sind. Der ländliche Zauberer, der haitianische Zombies herstellt, ist wie sein Amtsgenosse im Mittelalter oder zu Beginn des Barocks ein Spender des Guten wie

des Bösen. Er ist imstande, auf Bestellung das wohltuende *Wanga* herzustellen, das pflegt und heilt, oder das böse *Wanga*, das verfolgt und vernichtet.

Zweiter Satz
Die nächtlichen Unternehmungen der *Rotaugen*-Sekten unserer Kindheit (Hadrianas und meiner) in Jacmel haben ihre Vorläufer im italienischen Friaul oder im Litauen des 16. Jahrhunderts, bei den Bewohnern der Gascogne zur Zeit Heinrichs IV. oder in den Alpenländern romanischer oder alemannischer Tradition. Man kann die Spur ihrer hexerischen Großtaten gleichermaßen in Gesellschaften verfolgen, die einander kulturell in einem weltweiten Rahmen sehr fern sind, der von Sibirien und Zentralasien in die hohen Andenländer Amerikas, von den südpazifischen Inseln bis in nordische Gebiete, von den Gemeinden Japans, Tibets und Chinas zu den Gesellschaften südlich der Sahara, von den Ufern des Indus und des Euphrats bis an die Grenzen des Maghreb reicht.

Dritter Satz
Den Zauberern dieser unterschiedlichen Gegenden der Erde wurde die Macht unterstellt, ihre Gegner in Tiere (Werwolf, Falter, Eidechse, Krähe, Ratte, Ochse, Katze, Löwe, Leopard etc.) zu verwandeln, Kinder rituell zu töten, junge Mädchen aus der Entfernung zu »sprengen« und zu schwängern, die – geistige oder körperliche – Lebenskraft anderer an sich zu reißen, um den eigenen Einfluß innerhalb der Gesellschaft zu steigern.

Vierter Satz
(Historischer Abriß Haitis)
In Haiti kann ein Zauberer einer Person die Kraft des Verstandes und des Träumens (seinen kleinen guten *Engel*) nehmen, die er dann für neue zauberschaffende Manipulationen wie ein kleines Schiffchen aus Weidenstöcken in eine Rum- oder Scott-

Emulsions-Flasche, in eine Champagner- oder Coca-Cola-Flasche einzwängt. Während dieser Zeit wird die muskuläre Energie des Opfers (sein großer guter *Engel*) zu einer Art Zugtier, das mit Peitschenhieben zu den härtesten Landarbeiten angetrieben wird. Ein dieserart geteiltes Wesen gehört mit seinen gebundenen Händen und Füßen in die Kategorie des menschlichen Viehs, das man unterdrücken und ausbeuten kann.

Fünfter Satz
Das Schicksal des Zombies wäre dem eines Sklaven auf den kolonialen Plantagen des einstigen Santo Domingo vergleichbar. Nach mythischen Maßstäben entspräche sein Los dem der nach dem amerikanischen Kontinent verschleppten Afrikaner, die auf den Feldern, in den Minen und Werkstätten die ausgerottete indianische Arbeitskraft ersetzen mußten. Es wäre in dieser Studie angebracht, nachzuprüfen, ob der Zombie-Begriff eine Falle der kolonialen Geschichte ist. Die Haitianer hätten ihn verinnerlicht und ihren häuslichen Gebräuchen angepaßt. Er könnte ein Merkmal des Bildhaften für Tabak, Kaffee, Zucker, Baumwolle, Kakao und Gewürze sein; eine der Formen des ontologischen Schiffbruchs des Menschen in den amerikanischen Pflanzungen, einzugliedern in die Galerie der Verdammten dieser Erde, die mit den Arbeiten von Sartre, Memmi, Fanon, Simone de Beauvoir – unter anderen – und ihren Bildern des Kolonisierten (Schwarzen, Arabers, Asiaten), nicht zu sprechen von der Frau und dem Juden, entstanden ist.

Sechster Satz
(Mythologischer und semiotischer Verminderungsprozeß des Abenteuers der Menschheit)
Um zur Quelle des Mythos vorzudringen, müßte man seinen überaus magischen Entstehungsprozeß betrachten, der in der Geschichte der drei letzten Jahrhunderte aus den Europäern

verschiedener Stämme (Spanier, Franzosen, Engländer, Portugiesen, Holländer, Dänen etc.) WEISSE, aus den von Kolumbus auf der westlichen Hemisphäre »entdeckten« Eingeborenen (Arawak, Tainos, Kariben, Siboneys, Mayas, Inkas, Azteken, Quechuas, Guaranis etc.) die INDIANER Amerikas, aus den Afrikanern von südlich der Sahara (Sudanesen, Guineer, Bantus, Kongolesen, Angolaner etc.) NEGER, MESTIZEN, MULATTEN und unterschiedslos FARBIGE gemacht hat. Unter der Wirkung einer halluzinatorischen Verkehrung der Ordnung ist es zur Gewohnheit geworden, eine kausale Beziehung zwischen Hautfarbe, Gesichtsform und Behaarung der verschiedenen Menschengruppen und ihrer jeweiligen kulturellen Eingliederung in die Natur und die Gesellschaft herzustellen. Durch die »Rassenbezogenheit« der kolonialen Konflikte wurde das Wesen der afrikanischen Völker zu einem »untergeordneten Negerwesen« herabgemindert, während das Wesen der aus Europa stammenden Völker zu einer nicht weniger absurden »überlegenen weißen Kultur« erhöht wurde. Durch diesen doppelten mythologischen und semiotischen Schrumpfungsprozeß hätte die Sklaverei auf dem amerikanischen Kontinent die gesellschaftlichen, zur Gewährleistung ihres Wohlstands bestimmten Kategorien erfunden. Die Verkleidung der Seelen wäre Hand in Hand mit der Verdunkelung der geographischen Gegebenheiten gegangen: WESTINDIEN statt des sagenumwobenen Orients, von dem Kolumbus besessen war; AMERIKA statt Kolumbia (der Stern des spanischen Admirals war neben dem Amerigo Vespuccis verblaßt). Es war, als hätte etwas die emsigen Meister der Kolonisierung genötigt, nach Zaubererart ihrem Aktionsfeld und den Protagonisten der Dreiecksfahrten, die die Menschen der drei Kontinente (Europa, Afrika, Amerika) in Atem hielt, Masken aufzusetzen.

Siebenter Satz
(Die falsche Identität)
Haiti wäre wie die anderen »entdeckten« Länder Amerikas mit einer Auswahl von Masken (weiß, schwarz, indianisch, mulattisch) in die moderne Geschichte eingegangen, also unter einer falschen Identität. *Tief unten in der Grube menschlichen Werdens, an der Schwelle zum Tod und zur Zerstückelung der Leidenschaften, am Ende der Schwierigkeit des Seins, befänden sich die Zeit und der Lebensraum der Zombies.* Ohne eigenes Leben, ohne Personenstand, im Friedhof eingeschrieben und der Familie, der Religion, dem Spiel, dem Tanz, dem Beischlaf, der Freundschaft, dem Leben entrissen; Tag und Nacht zu nichts anderem verurteilt, als Arbeitskraft zu sein, würde der Zombie eine vierte Episode zu den drei klassischen Szenarios der Historie der Neger hinzufügen: grobschlächtige, über die Scholle gebückte Idioten; große Kinder, die es zu bekehren gilt; zornige Negertümler, die man mit Gewalt zur Ordnung ruft. Im Raster dieses Dritte-Welt-Schicksals nach dem Schema von wild versus zivilisiert wäre der Zombie der biologische Brennstoff schlechthin, was von Caliban geblieben ist, nachdem er seine Identität verlor, ist sein Leben doch wortwörtlich zweigeteilt: großer guter *Engel* der Muskelkraft, der zu Dauerzwangsarbeit verurteilt ist; kleiner guter *Engel* des Wissens und Verstehens, der Treuherzigkeit und des Traums, der für immer in die erstbeste leere Flasche verbannt wurde.

Achter Satz
(Bild des Zombie)
Das wären also die Bestandteile, aus denen sich das Porträt dieses Unternegers zusammenfügte, ohne Erinnern oder Hoffnung, ohne Bedürfnisse oder Träume, ohne Wurzeln, die ihn Früchte tragen ließen, ohne Eier für ein steifes Glied, ein Objekt, das durch das Reich der Schatten irrt, weit entfernt vom Salz und der Würze der Freiheit.
Die Zombiewesen haben folgendes gemeinsam: Man könnte

sie an ihrem glasigen Blick, am nasalen Klang der Stimme, an ihrer geistigen Abwesenheit, an dem Nebel erkennen, der ihre Gedanken und Worte umhüllt; an ihrem ruckartigen Gang, bei dem sie starr geradeaus schauen, willenlos gegenüber Leuten, Tieren, Dingen und Pflanzen; an der Tatsache, daß in ihrer Nähe alles seinen Wert verliert, noch ehe ihre Hände welches Gut dieser Erde auch immer berührt haben.

Neunter und letzter Satz
(Zombitude und Dezombifikation)
Gibt es am Ende eines Zombie-Lebens, am Ende dieses Tunnels ein neues Licht von Echtheit und Freiheit, das dieses Überbleibsel eines Mannes oder einer Frau erwartete? Alles weist wohl eher darauf hin, daß es keine solidarische Verbindung in dieser salz- und zärtlichkeitslosen Wüstenei des Zombietums gibt. Es gäbe keine Einheit der Interessen und Leidenschaften unter Zombies. Weder die Verachtung noch die Feindlichkeit anderer »Rassen« wären imstande, einen Zusammenhalt zwischen ihnen zu schmieden. »Laßt uns unsere großen guten *Engel* zu einer Aktion für die Freiheit zusammentun«: Solche Sätze erwartet doch wohl niemand aus dem Munde eines Zombies. Bis zur *Zombitude* ist es noch lange hin. Stopfte man eine Bande Zombies voller Seesalz, sie hätten nichts Eiligeres zu tun, als wie die Jungens von Ti-Joseph du Colombier in gestrecktem Galopp zum erstbesten Friedhof zu rennen, wo sie Steine und Erde mit Zähnen und Klauen beiseite schaffen würden, um zu ihrer höchsten Befriedigung als Gäste des Staubs rasch zu stinkenden Kadavern zu werden!

Schlußfolgerung
Warum Zombie – und Zombietum – in der haitianischen Phantasie? Gäbe es den Mythos eines Unternegers nur in der Vierten Welt meines Landes? Für wen oder für was ist er der Sündenbock? Entspricht in einer Gesellschaft, in der Recht und Freiheit sehr wenig gelten, die absolute Unsicherheit des Zombies auf

mythischer Ebene dem äußersten Elend der menschlichen Existenz, das das Leben in meiner Inselhälfte prägt?

An diesem Abend, bei der Lektüre dieses ganzen pseudosartreschen Jargons und in mein verquastes und Vergeltung forderndes Dritte-Welt-Engagement verwickelt, hielt ich, von einer Furcht erfaßt, die der Vorbote eines Infarkts zu sein schien, unvermittelt inne.

»Was wird aus Hadriana Siloé in alldem?«
In Ermangelung des wunderbaren Zombie aus Fleisch und Blut, der sich seit über dreißig Jahren meiner Jagd entzog, war ich dabei, mich in der Mythologie der Zombies zu verstricken und feinste metaphysische Härchen zu spalten. Allein eine Frage verdiente die Antwort eines mitfühlenden Menschen: Welchem Schlaf der Vernunft, Erzeuger der Ungestalt und des Untoten, war es gegeben, den heiteren Stoff und Traum einer jugendlichen Liebe in einen durchs Jahrhundert irrenden Schatten zu verwandeln?
An den Rand meines Essays schrieb ich mit Rotstift: »Diese von Mythologie und Soziologie der Entkolonisierung falsch begeisterten Sätze nicht fertigstellen! Zum zweiten Mal im Leben klopft Hadriana Siloé mitten in der Nacht an deine Tür. Steh auf und bring das geliebte Wesen zurück ins Haus seiner Kindheit!«

6

Zwischen dem Abend, an dem ich mir dies befahl, und dem Moment, an dem es mir gelang, die Siloé-Geschichte zu rekonstruieren, vergingen vier weitere unfruchtbare Jahre. 1976 wurde ich für ein paar Monate an die University of the West-Indies in Kingston/Jamaica eingeladen. Der Campus, auf dem ich wohnte, befand sich an der Stelle eines früheren kolonialen

Anwesens, am wohlhabenden Rand eines an einen Hügel geschmiegten Vororts mit dem schönen Namen Mona. Kaum hatte ich mich in meinem Bungalow eingerichtet, erlebte ich bei der Betrachtung der Insel ein Gefühl der Erfüllung und des Wohlbefindens, das allein mit dem Entzücken zu vergleichen war, das ich vor ferner Zeit mit Hadriana erlebt hatte. Zum ersten Mal seit meinem Aufbruch aus Jacmel war es mir möglich, ohne Leid und Verzweiflung auf die Jahre des Scheiterns und des Schuldgefühls zurückzublicken, die »jenseits« von Haiti, wohin mich die endlose Suche nach dem jungen Mädchen geführt hatte, an mir voll Unrast vorübergezogen waren. Die Erinnerung an sie war keine Erfahrung von Trauer und Sehnsucht mehr. Ich war nicht mehr persönlich gequält und verletzt von den Mißgeschicken meines Geburtslandes und vom Mangel an Mitgefühl in der Welt.
Bei meinen Spaziergängen durch den Universitätspark oder auf Kingstons heiteren und sonnigen Hügeln sagte ich nicht mehr stereotyp alle Viertelstunde zu mir selber: »Wenn du jetzt rechts abbiegst und fünfzig Meter weiter gehst, triffst du Hadriana Siloé«, wie es mir oft auf den Straßen dieser Erde, von Rio bis Paris, Prag bis Hanoi, Tanger bis Daressalam, New York bis Kyoto, Havanna bis Valparaiso gegangen war. Ich hatte das Glück, ein Seminar über die »Ästhetik des amerikanischen Wunderbar-Wirklichen« vor jungen Leuten halten zu dürfen, die überflossen von Phantasie und Humor, die vor fröhlicher und freisinniger Intelligenz, Rechtschaffenheit und geistiger Frische sprühten, ohne daß ihr Bewußtsein von einem durch irgendeine Staatsräson ferngesteuerten Regelwerk beeinflußt würde.
In früheren Zeiten unter einem weniger gastfreundlichen Himmel war ich als Inhaber eines falschen Lehrstuhls in eine Art »Hängematte für Zombies« eingeklemmt gewesen, umgeben von falschen Kollegen und Freunden und unter den »programmierten« Augen falscher Studenten. Meine Seminare machten mich kaputt, gereizt und kurzatmig, und mein Geist und Kör-

per waren vom um mich herum herrschenden Sozialismus ausgeblutet.
In Indies (Mona) öffneten sich in mir Schleusen der Freude und der Hoffnung. Die schönen Studentinnen – Schwarze und Blonde, Mestizinnen und grünäugige Mulattinnen – tranken meine Worte und ließen dabei ihre rosige Zunge sinnlich über ihre gleichfalls rosigen feuchten Lippen gleiten. Sie legten das eine Bein hoch über das andere und stellten vor dem zu Tode frustrierten Junggesellen satte Rundungen zur Schau, die sich köstlicher Bearbeitung anboten. Am Ende des Unterrichts drängte sich unter Lachen und fröhlichem Kichern ein Schwarm junger warmer und zarter Mädchen um mein Pult, die ihren wohlig-weiblichen Kreis immer enger um mich zogen, mit allen möglichen brillanten Feststellungen zur Rolle des Wunderbaren und der Schönheit in der Entstehung der karibischen Kulturen. Mein Unterricht erlaubte mir, die Beklemmung der Jugend abzuschütteln, die mir an der Haut klebte, und Jacmels schmerzliche Erinnerungen in meine Persönlichkeit eines Erwachsenen einzugliedern. Bei jeder Unterrichtsstunde kam es mir vor, als wüchsen in mir unberührte Kräfte für das freie Schaffen. Ich kehrte frisch und gutgelaunt in meinen Bungalow zurück, um zu joggen, Tennis zu spielen oder schwimmen zu gehen, mit einer Empfindung erfüllter körperlicher Liebe und eines glänzenden Siegs über die Einsamkeit.
Eines Morgens, als ich mich an meinen Arbeitstisch setzte, bemerkte ich überrascht, daß ich ohne das gewohnte Gefühl der Niedergeschlagenheit in französischer Sprache natürliche, spielerische, sinnliche und magische Beziehungen zur gräßlichen Vergangenheit von Jacmel herstellen konnte. Ich, der ich bis dahin nur jämmerliche Nachahmungen fremder Verse zuwege gebracht hatte, schrieb in einem Zuge ein langes Gedicht, dessen eine Strophe tatsächlich eine Vorahnung von dem sein sollte, was ein paar Monate später geschehen würde:

Einst, viele Jahre
vor dem Tod meines Leibes,
war ich tot in meinem Geist,
totenstarr lag ich,
dahintreibend in meinen Träumen,
wie Schleier der Braut,
wie Spiralen im Wind,
ich war tot in all meinen Sinnen,
jäh gab eine unserer Inseln mich
der Verrücktheit nach Art einer Frau zurück,
die Zeit Hadriana Siloés,
der Spiegel, der Fuß faßt
in einer zur Mandel geschnittenen Sonne.

An diesem Morgen geriet ich mit dem großen Spiegel der Poesie in der Hand auf die andere Seite der Dinge von Jacmel. Der *Flammentod* der wiedergefundenen Jugend setzte in meiner Erinnerung die Ereignisse dieser Chronik in Bewegung. Ich schrieb die ersten dreißig Seiten in einem Guß. Ich hatte den Schlüssel gefunden, mit dem ich endlich die dramatischen Ereignisse von 1938 enträtseln konnte. Doch in diesen Tagen intensiven Schaffens dachte ich nicht einen Augenblick daran, daß mich meine Reise in die Worte auf die richtige Spur des falschen Todes führen würde, der mich vierzig Jahre lang auf tausend Umwegen als willenloses Treibgut meines Lebens über die Erde geschleppt hatte.

Am Freitag, dem 11. Mai 1977, um sechs Uhr abends in der West-Indies-Universität in Mona ging mein Ästhetik-Seminar seinem Ende entgegen, als Hadriana Siloé durch einen der hinteren Eingänge lautlos in den Hörsaal trat. Sofort erkannte ich ihre klaren, graugrünen Augen wieder, die mandelförmig um denselben sonnenhaften und lächelnden Blick von einst geformt waren. Das Oval des Gesichts, die Frucht des Mundes, das honigfarbene Haar, das Strahlen ihrer Haut hatten mit dem Alter eine Reife bekommen, die genauso unwiderstehlich war wie die Reize ihrer Jugend. Was ich beim Erscheinen von Hadriana Siloé in meinem Seminar empfand, ist mit nichts von alldem zu vergleichen, was mir im Leben widerfahren ist. Ich erschauerte von Kopf bis Fuß in einer beinahe religiösen Hingerissenheit, einer sinnlichen Trunkenheit des ganzen Wesens, und das Blut, die Lippen und die Phantasie fingen auf einmal Feuer und siedeten bei meinen Ausführungen über die Art karibischer Schriftsteller, das täglich Wunderbare wahrzunehmen und in ihren Werken auszudrücken. Meine verdutzten Studenten glaubten einen Moment, daß ich mich einer solchen Ergriffenheit hingab, um sie das Wesen des Wunderbaren und Schönen in unseren Literaturen besser erfassen zu lassen.

»Ich hoffe, Sie bald überzeugen zu können«, rief ich bebend und überspannt, »daß es an diesem Treffpunkt der Kulturen vielleicht mehr als sonst irgendwo eine ›Metaphysik der Wesen und der Orte‹ gibt, die der fremdartigen Logik des Traums gehorcht. Neulich abends, als ich zu Ihnen von der Erzählung sprach, die ich am Vorabend beendet hatte, hatte ich Ihnen sagen wollen, daß ihr traumhaftes Epizentrum der Ort ist, in dem eine Frau lebte, die, ›schöner als die Welt, in der wir leben‹, seit meiner Jugend nicht aufgehört hat, in meinen Augen die Geheimnisse der ewigen Schönheit zu verkörpern. Ich habe Ihnen die Geschichte von Hadriana Siloé erzählt, ohne Ihnen etwas Neues über ihr Leben oder ihren Tod mitteilen zu können. Ich habe Sie mit mir die fesselnde Hoffnung teilen lassen, daß sie eines Tages selbst das Geheimnis ihrer ›Verflüchtigung‹ unter der Sonne des 31. Januar 1938 lüften wird. Hosianna! Unser Traum ist erfüllt. Hadriana Siloé ist unter uns! Ihre Schönheit strahlt dort hinten in diesem Hörsaal!«

Ein donnernder Beifall erhob sich. Jungen und Mädchen trugen sie im Triumph an mein von ihrer Sonne überstrahltes Pult. Wir alle hatten Tränen in den Augen. Wir beschlossen spontan, an demselben Abend ihr zu Ehren ein Fest zu improvisieren. Sie bot uns die Gastfreundschaft ihres Hauses an, weit oberhalb von Kingston in den Blue Mountains. Meine Studenten erreichten ohne Mühe ihre vielen Freunde und eine Gruppe Musiker, die bereit war, den Abend mit den Rhythmen Bob Marleys zu beleben. Wir trennten uns in wilder Fröhlichkeit, nachdem wir uns für neun Uhr bei Hadriana verabredet hatten. Als die Studenten gegangen waren, standen wir uns, sie und ich, im Wunder unseres Wiedersehens gegenüber. Ohne ein Wort verließen wir Hand in Hand den Lehrsaal. Ein harmonischer Hintergrund von Zikaden und Sternen empfing uns im lauen Abend auf dem Campus. Wir gingen schweigend durch die hell beleuchteten Alleen, die zum Bungalow führten. Wir hatten uns zuviel zu sagen. Wir wußten nicht, womit beginnen. Verse von Liebesgedichten jagten durch meine Ergriffenheit wie blitzende Strahlen von Leuchtfeuern. Die Angst vor der Lächerlichkeit durchzuckte mein Inneres mit gleicher Kraft. Die großen tropischen Bäume des Parks zogen in meinem Taumel vorbei wie die Speichen des Schicksalsrades selbst, das unsere zögernden Schritte lenkte. Ich schloß die Augen und begann, ohne zu zögern:

Du kamst, und das Feuer brannte erneut.
Der Schatten schwand, die eisige Tiefe erglühte von Sternen,
*Die ganze Erde blühte auf von deinem hellen Fleisch**

»Patrick, sag mir nicht, ich habe mich verhört.«
»Die Hoffnung erstand aus dem Rauch ...«
»... und dem Staub«, sagte sie. »Sage mir nicht, dies sei ein Traum.«
Unsere Hände hörten auf zu zittern. Wir wandten uns einander zu und überließen uns den angestauten Fluten unserer Liebkosungen. Heute könnten Hadriana und ich wohl kaum sagen, wie wir die hundert Meter Rasen zurückgelegt haben,

* »La Mort l'amour la vie«, in Paul Eluard: LE PHENIX, Paris 1954; deutsch von Friedrich Hagen, Luchterhand 1963

die uns vom Bungalow trennten. Unsere Küsse, plötzlich wild und voller Hunger, waren unser Narrenschutz auf dem Gefälle, das steil zu meinem Bett führte. Vom ersten Male an war es gut, überwältigend, köstlich, zum Verrücktwerden. Nach dem unvergeßlichen Hochzeitstanz, den uns die Jugend von Kingston bot, sah man den Samstag, 12. Mai 1977, sich mit unserer Lust in einen Tag erheben, der so blau war wie die Berge, die seither unsere Leidenschaft beschirmen. Bei unserem Erwachen am Nachmittag gab ich ihr die Erzählung zu lesen, was ich über ihre wunderbare Vergangenheit wußte. Sie öffnete die Schublade des Sekretärs und entnahm ihr die Chronik ihres Abenteuers als Zombie, was sie vom Samstag 29. bis Montag 31. Januar 1938 erlebt hatte.

Dritter Satz

Sechstes Kapitel

Hadrianas Bericht

Doch gehst du ruhmvoll so und mit Lob
In diese Kammer der Toten!
Dich schlugen verzehrende Krankheiten nicht
Noch empfingst du das Handgeld der Schwerter.
Sophokles
Chor der ANTIGONE

1

Ich bin am Abend des schönsten Tages in meinem Leben gestorben: Ich starb am Abend meiner Hochzeit in der Kirche Saint-Philippe-et-Saint-Jacques. Alle glaubten, ich sei von meinem sakramentalen *Ja*-Wort dahingerafft worden, das aus meinem Innersten drang. Es hieß, ich sei im Feuer meines Einverständnisses verglüht, so mächtig und wahrhaftig sei es gewesen. Es habe mich der Donner meines eigenen Brautworts getroffen.

Genaugenommen begann mein scheinbarer Tod eine halbe Stunde vor meinem Schrei. In der Minute, die dem Aufbruch des Zuges von zu Hause vorausging. Ich war schon fertig und warf einen letzten Blick in den Spiegel im Wohnzimmer: »Komm schon, Hadriana!« hat eine Stimme in mir gesagt, die dem Meer zuneigte. In meinem Leben eines glücklichen jungen Mädchens gab es damals drei Stimmungen, die vom Garten, vom Hof und vom Karibischen Meer gefärbt wurden. Es war sehr heiß. Am Fuß der Treppe, mitten im zärtlichen Gezwitscher meiner Brautjungfern, sagte ich plötzlich ganz laut: »Ich würde gern ein Glas Eiswasser trinken.« Mélissa Kraft wollte mir sofort eins holen. Ich ließ ihr keine Zeit dazu. In meinem Brautkleid stürmte ich zur Anrichte, wie ich es seit meiner Kindheit immer in diesem Haus getan hatte. Ich war schneller als meine Freundinnen. Ob jemand meinen Durst in der letzten Minute vorhergesehen hatte? Wie für mich hingestellt, wartete auf der Eichenholzanrichte eine Karaffe mit eisgekühlter Limonade. Ich habe mir einen Becher eingegossen, einen zweiten, einen dritten heruntergestürzt, bis ich keinen Durst mehr hatte. In der Hochzeitshitze erlebte ich das frische Zitronenwasser wie einen Rausch. Seit Tagen machte mich alles, was ich tat, so trunken wie die Hochzeit selber. Jede Gemütsbewegung riß mich dahin!

An der Tür zur Rue d'Orléans drang fröhliches Geschrei vom Platz herauf:

»Hoch lebe die Braut! Hoch lebe Nana!«
Das gehörte zur allgemeinen, ausgelassenen Freude, von der in den vorhergegangenen Tagen in Jacmel so viel geredet worden war: Ein Regen von Konfetti, Papierschlangen und Orangenblüten begleitete mich mit Applaus und Begeisterungsrufen auf meinem Weg. Die Freude mancher Mädchen schmolz zu Tränen. Auf der Gartenseite meines Wesens war etwas, das auch gerne geweint hätte. Das Lachen verlegte ihm den Weg zu meinen Augen, meinem Mund, meiner ganzen hingerissenen Haut. Entzückt und umstrahlt von der Sonne ging ich am Arm meines Vaters, der mein Brautführer war. Auf der Straße zur Kirche, auf dem Balkon der Sorels, hat ein kleiner Junge gerufen:
»Einen Kuß für dich, Nana!«
Ich hätte ihn nicht erwidern können. Es war zu spät: Ich war im Begriff, zu sterben. Ein unglaubliches Unwohlsein hatte mich ergriffen. Durch meinen Körper lief ein spitzes Kribbeln, als stäche man mich von Kopf bis Fuß mit Nadeln. Mein Vater an meiner Seite merkte es nicht. Ganz gerade und prall vor Stolz in seinem Spenzer half er mir, die Hochrufe zu erwidern. Niemand merkte, daß André Siloé seine sterbende Tochter zum Altar führte. Auf dem Vorplatz der Kirche traf ich meinen Verlobten Hector am Arm von Mam Diani, der Mutter meines Freundes Patrick. Hector sah mich in meinem Brautkleid: Die Freude, es mir bald ausziehen zu können, machte ihn blind. Er hat nicht gesehen, daß der Tod unter meinem von Träumen raschelnden Kleid den Händen des Bräutigams zuvorgekommen war.

2

Bei meinen ersten Schritten in der Kirche glaubte ich, meine Knie würden wanken, ehe ich den Altar erreicht hätte. Geräusche, Farben, Lichter, Düfte formten sich vor meinen abgleitenden Sinnen zu einem Magma verwaschener Eindrücke. Ich unterschied nichts mehr, weder eine Fermate vom Schein einer Kerze noch meinen eigenen Namen vom Grün der Banner, das Aroma des Weihrauchs nicht vom scharfen Geschmack, der meinen Geruchs- und Geschmackssinn ätzte. Ich schritt tastend voran wie durch brodelnden Teer. Ich rutschte in einem weiten Schacht auf den Knien: Ich sammelte und konzentrierte, was mir noch vom Leben blieb, ganz auf das Gehör. Ich glaubte, verzweifelt in klebrigem, teerigem Wasser auf ein völlig unwirkliches Ziel zuzuschwimmen: Mein Bräutigam Hector Danoze zu meiner Rechten ist in zwei gewaltige Buchstaben eines *Ja* aus unförmigem und schillerndem Fleisch verwandelt. Mein verzweifeltes Schwimmen strebte danach, dieses Ziel zu erreichen, das sich mal näherte, mal sich verflüssigend schwand und in seinem Lavastrom außer Hector noch die Priester, den Altar, die Lieder, den Schmuck, die Gemeinde, den Himmel jenseits der Apsis mit sich schwemmte. Dieses Klang-Licht-Körper-Brandgemisch hat sich wie eine Flut jäh über mich ergossen. Es hat sich genau in meinem Geschlecht niedergelassen, und mein Geschlecht, das eins wurde mit einem letzten halluzinierten und bekräftigenden Seufzer, fing an, wie die Quecksilbersäule eines Thermometers langsam in mir aufzusteigen. Ich habe seine kletternde Bewegung in meinem Gedärm, dann in meinem Magen gespürt. Es ließ eine fremdartige Leere zurück. Es blieb einige Sekunden in der Höhe meines Herzens, das kaum schlug. Würde es seinen Platz einnehmen? Ich spürte es in meinem Hals. Es hätte mich beinah erstickt, ehe es glühend auf meiner Zunge lastete. Aus meinem ganzen vierlippigen Munde habe ich das letzte *Ja* des Lebens meinem Hector und der Welt zugebrüllt!

»Hadriana Siloé ist tot!« erklang die Stimme von Doktor Sorapal über meinem leblosen Körper.

Ich hörte ein Krachen von umgeworfenen Stühlen und Bänken, ein Lärmen kreolischer Worte, einen Wirbel verwirrter Klagen. In diesem Wirrwarr erkannte ich den sinnlichen und dramatischen Sopran Lolita Philisbourgs wieder. Ich hatte den Eindruck, es würde überall in der Kirche Stoff zerrissen. Nach dem Aufprall von etwas neben mir schrie jemand: »Jetzt ist Hector auch tot!«

Er wäre mir ins Grab gefolgt. Die Stimme des Paters Naélo riß mich aus meinem ersten Traum im Traum: »Hadriana Siloé ist im Augenblick ihrer Trauung von uns genommen. Der Skandal hat in das Haus ihres himmlischen Vaters Einzug gehalten!«

Arme hoben mich vom Boden der Kirche. Wessen Arme mochten das sein? Sofort hätte ich die meines Vaters, Hectors oder Patricks wiedererkannt. Der Mann hatte seine Not, sich durch die Menge der Gemeinde einen Weg zu bahnen. Meine baumelnden Füße stießen im Vorübergehen an fremde Körper. Eine Hand ergriff meinen rechten Fuß. Sie hat ihn lange gehalten. Trotz der Schleier auf meinem Gesicht spürte ich die frische Abendluft. Die Glocken schlugen wie zu Anfang mit voller Kraft zu den Hochrufen und dem Applaus. Ein Haufen Leute lief lärmend neben uns her. Ich konnte noch nicht sehen. Von meinen Sinnen gelang es nur dem Gehör, etwas wahrzunehmen. Eine Frauenstimme rief: »Hoch lebe das Brautpaar!«

Unmittelbar darauf begann auf dem Platz der Karneval. Ich merkte, daß es mir mitten im Unglück gelang, zu lächeln und sogar zu lachen. Ich hatte meinen ersten Lachkrampf der Nacht: Es wurde um mich eine *Rabordaille* getanzt, zu der die Trommeln und *Vaccinen* tobten. Mir kam es vor, als tanzte auch der Mann, der mich trug. Meine erstarrten Gliedmaßen waren unfähig, ihn zu begleiten. Als der Unbekannte den Eingang des Hauses durchschritt, kam mit einemmal mein Geruchssinn zurück: Es war der Duft des gewachsten Parketts aus meiner Kindheit. Der Mann legte mich vorsichtig auf einen der Teppiche im Salon.

3

Im wilden Durcheinander um mich herum hörte ich Schluchzen und Rufen. Die Ausbrüche meiner Freundinnen waren voller Schmerz und Überraschung, die meiner Freunde voller Bewunderung und Zorn. Plötzlich spürte ich, wie sich jemand über mich beugte. Eine Hand ergriff mich am Handgelenk; eine andere führte wohl ein Stethoskop an meine Brust. Diese Personen sprachen ein paar Worte miteinander. Ich erkannte die Ärzte Sorapal und Braget. Ich hatte Lust zu lachen. Seit er aus Paris zurück war, hatte mir der junge Doktor Braget bei jedem Treffen gesagt: »Wann werden die Siloés ihren Hausarzt wechseln? Ich würde so gerne auf die Gesundheit ihrer Tochter achten!« Jetzt hatte er seine Hand in meinem Kleid und betastete meine Brüste. Wird er merken, daß sie leben? Meine Hoffnung war nicht von langer Dauer. Er hielt einen Gegenstand an meinen Mund.
»Negativ«, murmelte er.
»Der Puls ist überhaupt nicht mehr da«, sagte Doktor Sorapal.
»Die Brüste sind noch warm. Frische und köstliche Früchte! Man möchte meinen, sie seien lebendig!«
»Ein sterbender Stern strahlt noch lange weiter, mein Lieber! Sehen Sie nach den Augen.«
Doktor Braget lüftete meine Lider. Ich habe ihn gesehen: Sein feuriger, tränennasser Blick eines streunenden Katers sah mich nicht! »Kein Reflex«, hat er gesagt.
»Uns bleibt nur die Freigabe zur Bestattung. Der Befund ist klar: steife Glieder, keine Atem- und Augenreflexe, kein Puls, niedrige Körpertemperatur. Herzinfarkt.«
»Der Hurensohn!« hat Doktor Braget gesagt.
»Ja, Scheißinfarkt!«
Statt einer gründlicheren Untersuchung beschimpften sie den Tod. Ich konzentrierte meine Sinne auf das Sehen: Vielleicht gäbe es ein Leuchten, ein Schimmern. Während er mir mit den

Fingern durchs Haar strich, liefen Doktor Braget Tränen über die Wangen. Doktor Sorapal biß sich auf die Unterlippe.
»Der traurigste Abschied meines langen Lebens«, sagte er.
»Es ist mein Waterloo«, sagte der andere, der Don Juan.

4

Die Ecke des Salons, in der ich lag, war schwach beleuchtet. Mutter kam und breitete ein Laken über mich. Als sie meinen Kopf damit bedecken wollte, hielt sie inne. Weinend streichelte sie mein Gesicht. Mein Vater trat heran. Er kniete neben mir nieder. Ich hatte Mitleid mit ihnen und mit uns dreien. Ich hatte Lust zu weinen, aber ich konnte es nicht. Man hat sie fortführen müssen. Patrick nahm ihren Platz ein. Er nahm meine beiden Hände in seine. Er tauchte seinen Blick in meine Augen. Er hörte nicht auf, mit unendlicher Zärtlichkeit meinen Vornamen zu stammeln. Auch er ging schluchzend weg. Alles im Salon wurde verändert. Der mit Mehl überpuderte Spiegel sieht hinter seiner weißen Maske wie ein grinsender Pierrot aus. Von der anderen Seite des Salons erreicht mich die Stimme von Madame Losange (vieleckig mit gerundeten Winkeln und mehr als vier Seiten, Hector dixit). Sie hat meinen Freundinnen befohlen, ihre Unterwäsche umzudrehen. Die Zwillinge Philisbourg, Mélissa Kraft, Olga Ximilien folgten als erste diesem Befehl. Dann hat sie ganz laut gesagt, mein Tod sei nicht natürlich. Sie hat die Geschichte des Falters Balthazar Granchiré erzählt. Ich wurde in so ein ähnliches Märchen hineingedacht, wie sie mir Félicie, die alte Magd, vor meinem Kleinmädchenschlaf erzählt hat. Es war das Märchen für meinen letzten Schlaf. Klariklé Philisbourg hatte mir von einem Falter erzählt, der wie der Teufel deflorierte. Meine Patin habe ihn vor ihrem Tod zum Geliebten gehabt. Es würde nicht lange dauern, bis ich an der Reihe wäre. Darüber haben wir sehr gelacht, Hector und ich. Jacmel war nicht umsonst voller

Zauber. Dann ging es um den Platz, wo mein Leichnam für die Totenwache aufzubahren wäre. Patricks Onkel, der verflixte Onkel Féfé, hat die Allée des Amoureux vorgeschlagen! Anwalt Homaire meinte, ich gehörte zur Gattung der Sterne. Er hat irgend etwas über Vögel gesagt. Einen Augenblick später hat Madame Losange von der Notwendigkeit gesprochen, mich zu entjungfern. Ich wußte von Félicie, daß dies auf dem Land so üblich war, wenn man befürchtete, ein Hexer »stecke den kleinen guten *Engel* eines jungfräulichen Mädchens in die Flasche«. Es gab eine Art Debatte um die Person, die auserkoren wäre, mich zu entjungfern. Madame Losange lehnte Lolitas Beteiligung, weil sie ein Zwilling war, ab. Jemand hat vorgeschlagen, die Aufgabe einem Unschuldigen zu übertragen: »Warum nicht Patrick Altamont«, hat er gesagt. Mein Patrick, das hätte ich sehen mögen! Mam Diani eilte ihm zu Hilfe: »Nana und mein Sohn sind von derselben Frau über dasselbe Taufbecken gehalten worden. Sie sind sozusagen Bruder und Schwester.« Patrick hätte mich öffnen können. Damals, im Sommer, bevor ich Hector kennenlernte. In Meyer hatten wir uns an jenem Abend von den anderen auf dem Trampelpfad, der zum Strand hinunterläuft, entfernt. Ich gehörte ihm. Würde er in mich eindringen? Seine Hand hat auf meinem Geschlecht gezittert. Unter dem allzu schmeichelnden Mond, der über dem verlassenen Meer lag, sind wir hinuntergelaufen. Es lag an ihm, das geheimnisvolle Wasser meines Fleisches zu ergründen. Er hat mich behutsam betastet wie ein staunender Junge, der kaum glauben konnte, daß seine große verzückte Hand breit auf meiner Mandel ruhte! Bei ihm war auch etwas da: kein Pipi-Schniepel und kein niedlicher Bumbum-Poller, sondern vielmehr ein stolzer Manneszeiger an seiner Uhr, der eine wunderbare Reise durch die Nacht versprach. Wir gaben uns damit zufrieden, schweigend das Karibische Meer zu betrachten!

5

Ich sah zwei Männer in schwarzen Sutanen, die sich vor mir verbeugten, ehe sie in den hellerleuchteten Teil des Salons weitergingen: Es waren die Priester Naélo und Maxitel. Nach ihrer Ankunft haben mehrere Personen, die bis dahin weiter auseinander gesessen hatten, ihre Sessel zum Sofa gerückt, auf dem meine Eltern saßen. Es folgte eine lange Besprechung mit gedämpfter Stimme. Sie trafen die Dispositionen für meine Totenwache und meine Beerdigung. Im Haus summten alle möglichen Geräusche: Schritte auf der Treppe, ein unablässiges Kommen und Gehen auf dem Flur des Erdgeschosses und im ersten Stockwerk. Das Karnevalsgelärme drang gedämpft herauf, die Fenster zur Rue d'Orléans waren geschlossen worden. Das Geflüster im Salon schien kein Ende nehmen zu wollen. Niemand kam mehr, um nach mir zu sehen. Zu Tode gelangweilt, wenn ich das so sagen konnte, schlief ich im Inneren meines letzten Schlafs tief ein. Ich hatte folgenden Traum: Ich war ein mächtiger Papierdrachen, blau, weiß und rot, in den Farben meines Vaterlandes. Ich habe einen langen Schwanz voll Schleifen: Ein langer schmaler Leinenstreifen, der mit alten Rasierklingen und Flaschenscherben bestückt ist. Ich ähnle den großen bunten Drachen der lebhaften Wettbewerbe, die die Jugendlichen von Jacmel auf dem Strand veranstalteten. In den dreißiger Jahren gab es jeden Sonntag nach der Messe in weniger als zweihundert Metern Entfernung von unserem Balkon ein Drachensteigen. An manchen Tagen standen mehr als fünfzig Jungen und Männer im Wind des Golfstroms und zogen kräftig an ihren Fliegern aus festem Papier oder leichtem Stoff. Meine Haut ist auf ein ebensolches Gestell gespannt worden. An diesem Morgen sind wir nur vier Papierdrachen, deren Farben gegeneinander kämpfen, die hundert Meter über den herrlichen Wogen der Reede um die Wette leuchten. Hector, mein Bodenpilot, hält meine Schnur fest in der Hand: Mal läßt er mich jäh niederstürzen, mal hilft er mir, mich noch höher zu erheben, mit Scheinmanövern nach rechts und nach links, um überraschend die Schnur meiner Gegenspieler mit den kleinen, an meinem Schwanz angebrachten Rechtecken aus Stahl und scharfem Glas abzutrennen. Ich bin trunken von meinem Flug unter der strahlenden Sonne! Ich berausche mich daran, mich wie ein Adler mit fliegenden Haaren und ausgestreckten Klauen auf die nächstfliegende Beute zu stürzen. Ich brauche nur wenig Zeit, um zwei gefährliche gegnerische Drachen zu kappen. Vor mir bleibt ein großer Drachen aus blaurotem Stoff. In meinem Traum begreife ich, daß es ein Luftturnier zwischen Frankreich und Haiti ist: blau-weiß-rot gegen blau und rot. Was wird er tun, mein Haitianer von einem Verlobten, der die kleinste meiner Bewegungen steuert? Mein Traum wurde zum Alptraum, als ich Papierdrachen mich in ein kleines Flugzeug verwandelte. Plötzlich saß ich auf dem Balkon des Hauses und Hector am Steuerknüppel des Einsitzers. Ich winkte mit dem Taschentuch, ich schickte ihm Küsse. Bevor er sich entfernte, hat er mit rosa Auspuffgas meinen Vornamen in den Azur des Golfs gezeichnet. Diese Vision von Glück hat mich geweckt. Ich hatte Hector auf ganz ähnliche Weise kennengelernt: Zwei Tage nach seinem Pilotenschein in Port-au-Prince (er war einer der drei ersten Piloten, die im Lande von amerikanischen Fliegern ausgebildet wurden), an einem Samstagmorgen, war er wie ein Pfeil, wie ein wahrer Himmelshahn vom Meer her auf unser Anwesen gekommen. Vom Dröhnen der kleinen Maschine angezogen, war ich auf den Balkon gegangen und las: »Hadriana, ich liebe dich!« Nach der Landung hatte er mich aus der Hauptstadt angerufen. Wir haben zwei Stunden am Telefon geredet; am Tag darauf genauso und jeden Tag, bis zu seiner Rückkehr nach Jacmel am folgenden Wochenende. Wir haben uns keine vierundzwanzig Stunden mehr getrennt: Früh am Morgen an den Strand von Raymond-les-Bains, wildes Bad am Vormittag, Tennis am Nachmittag, abends Tanz, Spaziergang am Strand vor der köstlichen mitternächtlichen Schäferstunde im Garten.

Auch er hätte mich am ersten Abend bereits nach Herzenslust öffnen können, da ich schon dabei war, meine große jungfräuliche Mandel als Hectors Traumdose anzusehen. Er träumte von einem Liebesakt mit dem Segen von Pater Naélos Kirche. Jetzt lag er mit einem Schock im Krankenhaus und ich eingemauert in meinen falschen Tod. Ich war vom Schicksal für eine Sünde gestraft, die ich nicht begangen hatte. Hadriana knockout, tödlich k.o. geschlagen, in ihrer Hochzeitskirche länger als zehn Sekunden am Boden geblieben, ausgeschieden aus dem wunderbaren Kampf des Wonnemonds, aus dem Erst-zur-Hochzeit-Erlebnis des Fleisches, wie Hector es wünschte. Voll Scham ob seines apostolischen Lustfliegersteifen hatte er aus seiner Heidenangst vor der Todsünde die Hand sanft aufgelegt, nicht aus purer Verzückung wie mein geliebter Junge zuvor. Hector hatte nämlich Angst gehabt, den blonden Leib der französischen Fee zu beflecken, der kreolischen Tochter eines Prinzen der Mathematik und des Tabaks. Ich erlebte meinen Pechmond auf dem nach Kindheit und Zombie duftenden Parkett, wenige Stunden vor meiner Beerdigung und meiner Salbung für Totlebendige. Eine unglaubliche Woge von Niedergeschlagenheit überflutete mich, und ich fiel kopfüber in die Ohnmacht meiner Ohnmacht!

6

Als ich wieder zu Bewußtsein kam, war ich auf dem Platz, zwischen Kerzen ausgestreckt in der Allée des Amoureux auf der Höhe meines Mädchenzimmers. Eigenartigerweise kam ich mir vor, als lehnte ich aus dem Fenster und beobachtete, was all diese maskierten Leute um einen Katafalk unter den Kapokbäumen herum taten, die das klappende Flügelschlagen erschreckter Vögel erfüllte. Ich bin aus dem Rahmen des Fensters im zweiten Stock verschwunden, um eine Etage darunter nackt wieder aufzutauchen. In der Nacht habe ich mich mehrfach dieser Spaltung hingegeben, die von der Kindheit bis zum Tod ging, vom kleinen Mädchen am Ort seiner Fahrradtouren bis zur Heranwachsenden beim Spaziergang mit den Schwestern Kraft. Wegen meiner Ohnmacht hatte ich keine Gelegenheit zur Totentoilette gehabt: Ich hoffte, daß die Person, die mit der Aufgabe, mich für das Schlimmste herzurichten, betraut war, beim Berühren meiner Haut schließlich den faulen Zauber meines geschwindelten Todes erkennen würde. Ich trug immer noch mein Brautkleid, die Schleier und alles. Auf jeden Fall hatte ich das Sakrament der Vermählung mit meinem großartigen JA eines hungrigen Weibchens zu Ende gebracht. Meine Wahrnehmung hatte sich seit dem K.o. in der Kirche gebessert. Ich hörte beinahe alles. Mit Unterbrechungen gelang es mir, zu sehen; meine Sehkraft kam und schwand. Ich fühlte die weiche Frische der luftigen Stoffe. Auf dem Kopf habe ich die Krone aus Orangenblüten; die funkelnde Sternenkuppel der Nacht ist in meiner Reichweite. Es ist, als ob der funkelnde Sternenraum mit mir eins werden wolle. Der Mond würde wieder mit Macht in meine brünftigen Eierstöcke eindringen. Ich müßte nur den Arm ausstrecken, um inmitten eines der sternenreichsten Abende meines Lebens am Golf meinem Schoß einen Stern an die Stelle meiner erloschenen Mandel zuzuführen. Meine Arme konnten nichts mehr an mich ziehen. Auf das Kreuz meines scheinbaren Todes genagelt, auf einen Traum im Inneren meines Traums gekreuzigt, konnte ich nur dem Schweigen des Karnevals zu meiner Linken zuhören, wie er ein kleines Geheimnis im Inneren des großen Mysteriums noch geheimnisvoller machte: Wieder gibt es meinetwegen eine Diskussion. Ein Zankapfel unter den Lebenden. Cécilia (der General César, die Mutter Zaza Ramonets, Olivers Großmutter) möchte die Totenwachen vor den Übergriffen der *Loas* und *Wodu* bewahren. Anwalt Homaire hat sich auf meine Lebenslust berufen. »Sie hat schöne Beine, die in ihrer gepolsterten Kiste erstarren.« Er hat etwas Wahres gesagt: Selbst in meinem Sarg war ich einer Karnevalstrommel näher als dem Läuten einer Totenglocke. Anwalt Homaire wurde vom Pater Maxitel zurechtgewiesen mit dem Vorwurf, eine Heilige zu lästern. Ich, eine Heilige? Ich wäre fähig gewesen, mein Vater, zweimal vor dem »Erst-zur-Hochzeit« mein Fleisch geschlossenen Auges einem anderen zu öffnen: Um ein blondes Haar hätte Patrick die Verzückung seiner großen jugendlichen Hand auf meiner Mandel überwunden und wäre sehr männlich in ein wildwillig weibliches Wasser getaucht. Mit Hector war es vom ersten Abend an das gleiche: Die Büchse der Träume war bereit, ihr letztes Jungfrauengeheimnis darzubringen. Eine schöne Heilige, ehrwürdiger Vater, vergeben Sie mir, ich habe gesündigt! Ein anderes Mal, an einem zu heißen Augustnachmittag, war die Balkontür zum Himmel unmittelbar über dem Meer geöffnet, und ich war nackt mit Lolita Philisbourg in meinem Zimmer. Die schwarz- und malvenfarbene Kohle meines siebzehnjährigen Geschlechts schrie unter der glühenden Asche ihrer Liebkosungen. Ich war hingerissen, meine Mandel in ihrem Mund zu haben, die besser ausgereift war als irgendeine Frucht der Jahreszeit, *Madan-Francis*-Mango oder französische Königsmelone: Mein Vater, unter dem Gesang der Vögel im Garten war Lolitas Arbeit im Saatbeet meines Frühlings wie ein Wunder. Es war ein Wunder, der Zunge meiner besten Freundin den flammenden kreolischen *Baubo*, die heiß aufgeblühte Frucht, anzuvertrauen, auf daß sie wild in den siebenten Himmel entrücke, mit drei, fünf und an diesem von den Göttern gesegneten Tag sogar sieben aufeinanderfolgenden Orgasmen. Doktor Braget hat behauptet, der *Banda*-Tanz sei eine Art Gebet. Als *Banda*-Tänzer ist er dennoch unfähig gewesen, sehr lebendige Brüste von einem Paar Saugnippel zu unterscheiden, die für die Leichenschau reif sind. Der liebe Henrik Radsen, Papas bester Freund, ging noch weiter: Er hat den Tanz der Lenden und Hintern als die Gebetsform gefeiert, die in den Augen des weißen lieben Gottes des Abendlandes den ganzen Charme Haitis ausmache. General César hat vom zweiten Tod geredet, der mich unter der bestialischen Brunst eines *Baron-Samedi* erwarte. Und wenn die haitianischen *Loas* ihre weiblichen Geliebten unter den Zombies aussuchten? Und wenn ein gewisser Nazi-SS-Falter, harter Erotomane, mit voll geladenem Repetiergewehr schon am Friedhof auf der Lauer lag, um die Maginot-Linie der Siloés zu durchstoßen? Ich hatte das Wort der treuen Mam Diani im Ohr: Sie hatte mich gesehen, wie ich mich »vom Dreikäsehoch zur großen Schönheit wandelte«. Sie hat sich an meine Gedanken erinnert: Wenn es mir schon widerfuhr, bei blühender Jugend zu sterben, dann bedürfe es zu meiner Totenwache anstelle der Bittgebete und Tränen eines Karnevals von tausend Teufeln. Ich hab' sie gekriegt, meine Teufel, ich habe zu meiner Totenwache ihre tausend »Bezauberten Eier« gehabt!

7

Ich muß noch einmal eingeschlafen sein. Signalfanfaren schreckten mich hoch, ein höllischer Lärm am anderen Ende des Platzes, den kurz darauf die *Rada*-Trommeln erstickten. Ich konnte die Leute nicht tanzen sehen. Durch den Takt ihrer Schritte machte ich mir ein Bild vom Zusammenspiel der Knie, der Hüften und der Schultern. Die Trommeln unterbrachen sich: Im Angedenken meines Todes spielte die Menge *Cadavre-Collectif*. Dann trat ein Soldat an meinen Katafalk. Er beleuchtete mit einer Fackel mein Gesicht. Es war Kommandant Armantus, der Chef des Gendarmeriebataillons. Er schien mir zuzuhören, als sei ich dabei, ihm etwas Wichtiges anzuvertrauen. Furchtverzerrt, als läge da an meiner Stelle ein gräßliches Monstrum. Die Augen fielen ihm schier aus dem Kopf. Er hat den militärischen Gruß, den er ausführen wollte, nicht zu Ende bringen können. Er stieß den Schrei eines gejagten Tieres aus. Mich überlief ein derartiger Schauer, daß ich glaubte, mein ungleichmäßig kreisendes Blut fände seinen normalen

Rhythmus wieder. Ich habe ein Totensignal gehört. Ich war auf dem Felde der Ehre gefallen. Nach dem überstürzten Abgang der Gendarmen war um mich herum befremdliche Leere, Totenstille. An meine Ohren drang nur das seidige Knistern der brennenden Kerzen. Plötzlich das schrille Quieken eines Schweins, das geschlachtet wurde! Das war zuviel: Heftige innere Krämpfe befielen mich. Alle meine Knochen zitterten zum Zerbrechen. Ich stürzte in einen Alptraum im Inneren meines Alptraums. Ich war eine geraubte Seele. Man trennte meinen kleinen guten *Engel* von meinem großen guten *Engel*. Man sperrte den ersten in eine Kalebasse, um ihn auf dem Rücken eines Maultiers in ein Seelenverlies in den Bergen des Haut-Cap-Rouge zu bringen. Der andere, die Arme auf dem Rücken zusammengebunden, wurde wie ein Esel mit Peitschenhieben in die entgegengesetzte Richtung getrieben. Jede Verbindung zwischen meinen beiden Seinsformen war abgebrochen. Nach stundenlangem Aufstieg schritt mein Reittier durch ein massives Holztor. Ein alter, noch athletischer schwarzer Mann empfing mich lächelnd:
»Madan Danoze, seien Sie willkommen im Gefängnis des Denkens und der Träume. Dieses Hafthaus wird von nun an Ihre Bleibe sein, in dem die Tage tausender kleiner guter *Engel* friedvoll dahinfließen, die aus den unterschiedlichsten Gründen hier für immer eingeschlossen sind. Dieser Haftort wurde eingerichtet, um die auf Flaschen gezogenen Seelen der Christenmenschen und zu Untoten verwandelten Individuen zu empfangen, die zu geistigem Freiheitsentzug verurteilt sind. Die Flaschen, die Sie hier sehen werden, sind Verliese aus Glas, Kristall, Metall, Porzellan, Leder, Holz und Steingut!«
Mein liebenswürdiger Kerkermeister hat mich in einen Stollen geführt, den viele Sturmleuchten taghell erleuchteten. Die Wände waren vom Boden bis zur Decke mit Flaschenkisten tapeziert. Ein Flaschenmuseum: rund, eckig, flach, röhrenförmig, im Korb, bauchig, mit breitem Hintern, von der Phiole zur großen Korbflasche, vom Flachmann zum dickbauchigen

Ballon mit langem Hals, von der Öl- zur Essigflasche, vom Krüglein zum Schoppen, vom Einmachglas zur Kürbisflasche, von der Bierflasche zur großen korbgefaßten Steingutbuddel, von der Karaffe zum Meßfläschchen, von der Feldflasche zum Glasballon, von der halben Flasche zum Siphon, von der Magnum zur Acht-Liter-Champagnerbombe!

»Jedes dieser Behältnisse«, hat mir der Wärter gesagt, »trägt ein Etikett, auf dem das steht, was die Flaschenseele früher war. Treten Sie ohne Furcht näher, Madame, die hier verwahrten Wesen sind harmlose Falter. Schauen Sie, ich zähle Ihnen wahllos ein paar Ihrer Gefängniskameraden auf. In diesem alten Töpfchen Wick VapoRub zwitschert ein kleiner in der Wiege gefangener guter *Engel*, das Kind eines levantinischen Kaufmanns. In diesem Krug meditiert ein Warenspekulant. Der Gast dieser böhmischen Kristallkaraffe ist ein Feldwebel der US-Marineinfanterie. Diese Milchflasche enthält den kleinen guten *Engel* eines kleinen Schusters. Der Glasballon hier birgt die Seele des Bruder Jules, eines bretonischen Lehrers. Seine Nachbarflasche die Seele eines früheren Präsidenten der Republik. Weiter hinten, in der Likör-Boutanche, hängt ein surrealistischer Dichter seinen Gedanken nach, in diesem Alchimistenkolben zelebriert ein anglikanischer Bischof eine Andacht. In der Seltersflasche wird ein schwuler Maler festgehalten; in der weidenumflochtenen Literflasche ein Oberst der haitianischen Garde. Hier schließlich der kleine gute *Engel* einer Mater dolorosa, dahinter der des Däumlings. Was Sie betrifft, Madame, da Ihre Schönheit so verpflichtet wie Adel, werden Sie in diese alte Champagnergallone eingeschlossen. Sie hat zum Keller eines norwegischen Königs der Barockzeit gehört. Ihr Etikett ist vorbereitet: Kleiner guter *Engel* einer gartenschönen Frau à la Française! Mangels schöner Träume, denn die kleinen guten *Engel* träumen nicht, wird es Ihnen wie einem Kanarienvogel in seinem Käfig freistehen, sich an Ihren Trillern zu berauschen, ohne sich nach Ihrem großen guten *Engel* zu sehnen, der im Dienst der Gelü-

ste eines berühmten *Baron-Samedi* der Berge im Nordosten steht!«
Kaum war er in die königliche Magnumflasche geworfen, erwachte mein kleiner guter *Engel* mit meinem auf dem Platz inmitten eines zur Weißglut erhitzten Karnevals ausgestellten falschen Leichnam ...

8

Ich entdeckte Madame Losange in rotem Kasack mit Grenadierdreispitz und Fliegerbrille. Sie war nicht die einzige an der kerzenumstellten Totenkapelle. Sie tanzte, was war es doch gleich? Vielleicht ein *Yanvalou-dos-bas*, mit einem Mädchen im Brautschleier. Ich konnte nur etwas von ihren Oberkörpern sehen, die sich senkten und hoben wie Schaluppen auf entfesseltem Meer. Ich sah die Unbekannte, eine Schwarze von außerordentlicher Schönheit, ihren Schleier lüften und sich nackt zu mir begeben. Sie hat sich vorgebeugt. Ihre Brüste hingen über mir. Ich hatte Lust, in ihre vorgewölbte Pracht zu beißen: dicke, mit Leben und Begeisterung vollgefüllte Kuppeln, rund, fest, in der Schwebe über meinem hungrigen Abgrund, und ich erkannte meine eigenen Brustwarzen wieder, verkleidet als Brüste einer Negerin im Karneval meiner Hochzeit. Daraufhin benutzte die Unbekannte ihren Schleier als Badehandtuch, um den Trauertau des Todes auf ihrem Körper zu trocknen. In diesem Moment schlug der Rhythmus der Trommeln den Takt um zu einem *Nago-grand-coup*, der die Nacht der Totenwache ihrem Höhepunkt zuführen sollte. Ich war von Maskierten umgeben, die eine höllische *Farandole* mit sich riß. Die Geschichte schien an meinem Sarg vorbeizumarschieren. Ich erkannte zwischen den herkömmlichen Maskeraden von Jacmel historische Figuren. Da waren die Köpfe von Marquisen und Piraten von früher. Zu meinen Ehren waren da Soldaten des Ancien régime in Begleitung von US-Marines und

benediktinischen Mönchen. Durch die Abbildungen in meinen Schulbüchern fiel es mir leicht, den General Toussaint Louverture, Simón Bolívar, König Christophe, Dessalines und einen schnauzbärtigen untersetzten Weißen zu erkennen, einen Zeitgenossen, den ich in »L'Illustration« gesehen hatte: Das war Stalin in der eleganten Aufmachung eines Zaren. Er starrte mit seinen kleinen Schurkenaugen auf mich und drückte zugleich eine Traumfrau an sich, Pauline Bonaparte in faszinierendem Marmor. Wie er mich so entzückt ansah, stieg mir eine unsinnige Hoffnung zu Kopf: Auch ich war eine Karnevalsmaske, ich hatte die Rolle des Dornröschens; mein anscheinender Tod und alles, was seit dem Abend vorgefallen war, waren abgesprochene Episoden des totenähnlichen Schlafs, wie er in den Märchen vorkommt. Am frühen Morgen würde ich wieder Hadriana Siloé sein, wie Pauline Bonaparte die frische Haut einer jungen Schneiderin wiedererlangen, Bolivar seine schmächtigen Schultern eines Schusters oder Schneiders, Sir Francis Drake seinen gewohnten Trott eines Hafenarbeiters, Josef Stalin seine kurzen Beine eines Provinznotars oder sein Talent eines Harmonikaspielers wiederhaben würden, so würde ich die wunderbar gefeierte Braut des Piloten Hector Danoze, auf dem Weg zum endlich genehmigten Fest der Flitterwochen.
Ein Schuß riß mich aus meinem letzten Traum im Inneren meines Traums. Kurz darauf schrie jemand: »Tod dem Granchiré! Nana ist auferstanden!« Nichts hat sich an meinem Untod geändert. Die Vögel verkündeten ihre fassungslose Gegenwart in den Kapokbäumen. Ich mußte ihre Neugierde gewaltig erregen mit meinen Kerzen am hellichten Tag. Madame Losange, noch immer in der Aufmachung eines Grenadiers aus dem Empire, hat mit sehr heißer Asche ein Kreuz auf meine Stirn gezeichnet. Ihre traumhafte Partnerin hat mir noch einmal unsere Zwillingsbrüste hinter dem durchsichtigen Schleier gezeigt, bevor sie mich segnete. Darauf hörte ich das kahle Läuten der Glocken von Jacmel: Nach den wilden und überstürz-

ten Sechzehntelnoten des Vorabends fielen die leeren halben und die schwarzen Viertelnoten über meine Verlassenheit, eine nach der anderen, wie Tropfen von Metall, anstelle der Tränen, die, hinter meiner Iris erstarrt, nicht glänzen und auf meinen Wangen Alarm geben konnten!

9

Der Brauch von Jacmel wollte, daß man den Sarg beim Abholen und beim Aufbruch zur Kirche schloß. In dem Moment, als sich der Friseur Scylla Syllabaire anschickte, den Deckel anzubringen, gab ihm mein Vater ein Zeichen, noch zu warten. Die Weitsicht der väterlichen Eingebung verschaffte mir zwei Stunden Aufschub. Alle schienen sein Zuwiderhandeln gegenüber dem Trauerbrauch des Landes gutzuheißen. Die Nonnen meiner Schule bestanden darauf, vor dem Abschied meiner besten Freundinnen an meinem Katafalk Wache zu halten. Die Augen von Schwester Nathalie des Anges, der romantischen und sinnlichen Thalie, waren von Trauer ganz verhutzelt in ihrem schalkhaft charmanten Gesicht. Schwester Hortense, die Oberin, schämte sich ein wenig ihrer Tränen. Mélissa und Raissa Kraft, die Philisbourg-Zwillinge, Lili Oriol, Ti-Olga Ximilien, Gerda Radsen, Odile Villèle waren gebrochen wie Wellen an einem Tag ohne Passatwind. Patrick hörte nicht auf, um den Sarg zu streichen, als sei mein »Tod« von Stund an sein lebenslanger Kerker. Von Hector hatte ich nichts gehört. Er muß in seinem Krankenhausbett eine schlechte Nacht verbracht haben. Beim Aufbruch des Trauerzugs ließ man einen Lieferwagen für die Blumen kommen. Ich erkannte das Gefährt wieder, mit dem der Kaufmann Sébastien Nassaut die Geschenke durchs Dorf kutschiert hatte, die auf der Liste in seinem Geschäft reserviert waren. Während sich der Trauerzug in Marsch setzte, überflog mein Blick, was auf den Bändern der Kränze geschrieben stand: »Unserer geliebten Tochter, aus unserem ganzen zersplitterten Herzen, Denise und André«, »Meiner geliebten Frau, ihr ewig treuer Hector«, »Der kreolischen Fee der Siloés, Präfekt Kraft im Namen von achttausend gebrochenen Jacmelianern«, »Die Schwestern von Saint-Rose-de-Lima ihrer verzauberten Schülerin«, »Die Händlerinnen des Eisernen Marktes ihrer liebsten Kundin«, »Die Hafenarbeiter der Sirene der Siloés«, »Die Arbeiterschaft der Tabakmanufaktur der Tochter ihres Arbeitgebers und Gönners«, »Der Rose aus des lieben Gottes Garten, die Redaktion der ›Gazette du Sud-Ouest‹«, »Von Patrick seiner Taufschwester« neben hundert anderen. Vom Balkon der Sorel warf mir der kleine Junge vom Vorabend eine frische Rose zu. Sie fiel mitten auf meine Brust. Man hat mich mit diesem Talisman beerdigt. Die Galerien der Rue de l'Eglise waren verödet. Die Namen der Familien fielen mir beim Vorbeifahren wieder ein: Colon, Maglio, Bellande, Bretoux, Claude, Craan, Métellus, Wolf, Depestre, Hurbon, Leroy, Camille, sie alle folgten meiner Beerdigung. Bei der Ankunft vor der Kirche hat mir die Fröhlichkeit der Hochzeitsdekoration gutgetan. Mit dem Chor der Roses de Lima habe ich die bekannten geistlichen Lieder der Totenmesse innerlich mitgesungen.

»Hadriana war ihr heiliger Taufname«, begann Pater Naélo seine Predigt.

Es gab zu meiner Totenwache keinen Sabbat, mein Vater, außer einem Fest der *Wodu*-Götter zu Ehren der Schönheit des Lebens. Gott in seiner Güte wird es den Todes-*Loas* nicht verübeln. Danke, mein Vater, daß Ihr meine bloßen und vom harten Aufstieg verletzten Füße mit dem Wasser Christi benetzt habt. Danke für den »Stern, der nur einmal strahlte«. Wo? Wann? In der Nacht bei Meyer unter der großen bebenden Hand Patricks? Im Garten des Hauses, in den ehrerbietigen Armen meines Hector? Es tut mir wohl, zur heiligen Maria, Mutter Gottes, zu beten, hilf all denen zu leben, die mich geliebt haben, und auch jenen, die mich gehaßt haben; lieb du nun meine Eltern an meiner Statt, schütz Hector, meinen Ehe-

mann, Jacmel und seine Bewohner und den Golf, meine Freundinnen, Mam Diani und meinen süßen Bruder, bitte für uns arme Sünder, jetzt und in der Stunde unseres Todes, Amen! Pater Naélo sagte liebevoll: »Auf Wiedersehen, MADAME!
»Auf Wiedersehen, und Dank, mein Vater«, sagte ich unhörbar.

10

Das Licht machte mich beim Verlassen der Kirche trunken. Mit einemmal war ich leichter als eine Feder. Ich war ein Strohhalm von einer Frau in einem Wasserfall. Auf beiden Seiten meines Sarges hielten mich Arme über den lichten Fluten des letzten Abschnittes meines Schicksals fest. Die Kolonne bewegte sich ohne Stampfen oder Schlingern. Auf der Höhe des Geschäfts der Familie Turnier hat Patrick seinen Onkel abgelöst. Er hörte nicht auf, mich mit Blicken zu liebkosen, bis er seinerseits abgelöst wurde. Ich war das Auge eines Zyklons bei strahlendem Himmel. Die Häuser der Freunde zogen vorüber und sahen aus wie immer: Für immer entfernte ich mich von den Familien Lapierre, Lamarque, Gousse, Lemoine, Beaulieu, Cadet, Dougé. An der Fassade des Pinchinat-Gymnasiums grüßte mich ein Spruchband mit der Inschrift: »Die Gymnasiasten des Jahrgangs 1938 danken Nana Siloé, daß sie ihrer Phantasie die Schönheit der Welt erschlossen hat.« An der Stelle, wo der Weg steil wurde, rissen vier maskierte Männer den Sarg mit Singen und Tanzen an sich. Statt voranzugehen, schritten sie plötzlich zurück. Sie wandten sich nach vorne und gingen wieder zurück, ohne eine Entscheidung zu treffen, als hindere sie eine unsichtbare Gefahr daran. Der Trauerzug brach nach rückwärts auf, kam im selben Moment vorwärts zurück, um sich wiederum mit gleichem Schwung rückwärts fortzubewegen, während der Kreuzträger und die Geistlichen, die dem Sarg voranschritten, vor dem ganzen Trauerzug einen

Vorsprung bekamen. Ich war die Achse dieses eigenartigen Balletts aus Drehungen und blitzartigen Kehrtwendungen. Welches Spiel trieben die Todesgeister? Welche Spur wollten sie auf diese Art verwischen? Das ist eines der Geheimnisse meines jacmelschen Abenteuers geblieben. Dieses Treiben sollte in der Hauptallee des Friedhofs ein Ende finden. Mein Vater, der Präfekt, Henrik, Onkel Féfé nahmen ihr trauriges Gut wieder aus den Händen der *Loas* des Todes zurück. Das Trauergefolge lief auseinander. Man hätte meinen können, es sei eine große Landpartie, ein fröhliches Picknick, wo an einem schönen Januarsonntag um die besten Plätze unter den Bäumen gestritten wurde. Die Grabinschriften brachten meine Gedanken schnell wieder auf mein Los: »Hier ruht Roséna Adonis, im Alter von zweiunddreißig Jahren von den Ihren genommen, R.I.P.«, »Unserem guten Vater Sextus Berrouet, Divisionsgeneral, gestorben in seinem achtundsiebzigsten Lebensjahr«, »Hier ruht der bedeutende Jacmelianer Seymour Lhérisson«, und auf einem nagelneuen rosa Marmor: »Hier ruht in ihrer ganzen Pracht unsere verehrte Mutter Germaine Villaret-Joyeuse (1890-1973), requiescat in pace.« Ich habe vor Grauen bis zur Grabstelle die Augen geschlossen. Man hat mich unter einem erblühten Mandelbaum auf die blanke Erde gestellt. Die Totengräber schienen von der Kundin des Tages fasziniert zu sein. Im Auge des einen von ihnen blitzte ein unerhörter Zweifel über mich auf. Unwiderruflich verloren, verlor ich meinen Mut unter den Weihwassertropfen des Pater Naélo. Es ging mir nicht besser unter der Flöte des Anwalts Homaire, als er mit einer Opernmelodie begann, die meine Mutter manchmal auf dem Klavier spielte. Alle haben geweint, als sie es hörten. Mein Zwerchfell zog sich zusammen, ich fühlte, wie sich Schluchzer bildeten, sich stumm in meiner Brust verknoteten, doch sie blieben unterhalb der Kehle stekken. Als Jacmel im Chor seinen Abschied sang, war es dasselbe. Lolitas Sopran, Onkel Féfés Baß, die Flötenbegleitung, der riesige verzweifelte Chor zerrissen mich, ohne daß es ihnen gelungen wäre, die im Grunde meiner Augen gefangenen Tränen zu befreien. Die Worte führten mich in der goldenen Pracht des Sonntags auf einer brüchigen Holzbrücke über den Bach von Meyer. Mit mir war Lolita Philisbourg, die mir in diesem Sommer ein neues Lied beibringen sollte: FINSTERER SONNTAG! Wir hörten ein Pferd galoppieren, einen Hahn krähen, das Bellen eines Hundes, das Lachen einer Heranwachsenden, das sanfte Rascheln des Mandelbaums. Mein Vater hat sein Taschentuch geschwenkt, Mama lächelte mich an, während sie sich über meine morgendliche Wiege beugte. Patrick und der Friseur Syllabaire setzten vorsichtig den Sargdekkel auf. Die Seile ließen das Ende meiner Existenz in ihr eigenes Nichts sinken. Die Händevoll Erde und die Blumen schlugen ganz nah vor mein Gesicht. Die form- und gehaltlose Leere hat mich geschluckt …

11

Wie lange mag meine Ohnmacht gedauert haben? Eine Stunde, zwei, fünf? Ich werde es nie erfahren. Bei meinem Erwachen unter der Erde war ich immer noch im Zustand desselben Pseudotodes oder Pseudolebens. Meine Lungen konnten atmen, die Luft in dem Kasten schien sich gleichmäßig zu erneuern. Irgendwo in seiner Wandung gab es sicherlich ein oder sogar mehrere Luftlöcher. Mein Blick öffnete sich in eine leere Schwärze, in ein raum- und zeitloses Grauen, eine völlig wilde Dunkelheit. Nach und nach wurde die Dunkelheit meine Habe, mein Eigentum, meine zweite Natur genauso wie das unzähmbare Rinnsal des Bewußtseins, das in meinem Kopf weiterhin schimmerte. Ich war in den Stoff der dunklen Erde eingefügt, in die gedrängte und verfinsterte Krume von Jacmels Boden, Wächter an der Grenze der tierischen, der pflanzlichen wie mineralen Welten. Ich hatte mein Herz seit dem argen Geschehen am Vorabend in der Kirche vergessen. War es jetzt nicht dabei, auf eine unglaubliche Art seine Gegenwart zu zeigen? Es begann mit einem bescheidenen Ton in meiner Brust. Dann schien sein Schlagen aus den Tiefen der Erde heraufzusteigen, als schlügen die Wurzel der Welt und mein Herz gemeinsam eines im anderen, um die undurchsichtige Sprache meiner Rückkehr ins Leben zu beseelen. Dieses ungewöhnliche Rauschen, das meinem Blut und dem Abgrund der Erde entstieg, hatte eine Forderung in sich: ein plumper Ruf, ein unbeholfenes und herbes SOS um einen Lichtstrahl, um ein wenig mehr Sauerstoff, um ein Zeichen von anderen am Grunde der zeitlosen Nacht. Es gab nichts zu sehen. Ich konnte nur hören. Ich war Gehör. Ich hörte mich in dem fast zwei Meter unter die Erde gescharrten Käfig erlöschen. Ich hörte mich sterben. Was mir an Existenz blieb, war eingezwängt in die absolute Blindheit meines unterirdischen Verlieses. Für eine Untat, die ich nicht begangen habe, ist mein Leben in einen Ort ohne zeitliche oder räumliche Verbindung zur Außenwelt gefallen. Ich war verloren in der betäubenden Leere, die in Haiti Zombie heißt. Ich war vorläufig in den Kerker eines Friedhofsgrabs geworfen, ehe ich durch Zauberkraft in großen guten *Engel* und kleinen guten *Engel* in eine zweifach vegetative Scheinexistenz zerstückt werden sollte: einerseits ein schönes Stück Fleisch, dem alles aufgeladen werden konnte und das sich vor allem nach Belieben von vorn und hinten begatten ließ; und andererseits auf Lebenszeit Insasse einer dicken alten Champagnerflasche. Diese Aussicht erschien mir noch schlimmer und bedrohlicher als das Leben in der ausschließlichen Form des Hörens, das ich seit Samstagabend in meiner Starre oder scheinbaren Totheit lebte. Meine überstarke Hörkraft lag auf der Lauer nach Ultraschall. Was ich bei meinem Erwachen für einen geheimen Puls der Erde gehalten hatte, der im Takt mit meinem Puls schlug, hat sich meinen Ohren als eine bekanntere Sprache enthüllt. Es war nicht die völlige Dunkelheit der Scholle, die mir einen Schock versetzte, es war ein anderes kosmisches Flüstern: Das Brausen des nahen Meeres drang an meine Grabhöhle. Es war der geheimnisvolle Ruf des Golfs meiner Kindheit, eine unaussprechliche Aufforderung zu reisen, zu hoffen, zu handeln. Das Meer von Jacmel schob mich unmerklich in den lichten Raum von dem, was ich um Haaresbreite im Begriff war für immer zu verlieren. Der Sieg war noch möglich über die dämonischen Kräfte, die mich zombifizierten. Ich mußte allem mein Ohr leihen, das bis dahin meine Tage erfüllt hatte. Die Räuber würden nicht lange auf sich warten lassen, um das zur Aufbewahrung gelassene Gut am Zielort abzuholen. Nichts war dringlicher für mich, als die Erinnerungen zu sammeln, die noch widerstehen konnten. Ich mußte aufmerksam bleiben für den Fluß der schönen Jahre zwischen der Rue d'Orléans und der Place d'Armes und dem Golf. Das Elternhaus sollte seine Türen in den Mauern meines falschen Todes öffnen. Ich mußte wie früher leben und mich leben hören. Ich hörte mich vom Grund meines schreckerfüllten Humus zum sonnenumfluteten Sonntag oberhalb meines Alptraums aufsprießen. Es gab nichts Dringenderes mehr, als mich zu den Höhen des strahlenden Tages aufzuschwingen, der ohne mich auf den blauen Wassern des Golfs von Jacmel glitzerte. Ausgestreckt zum letzten Schlaf oder für die zweifache Vegetierform eines Zombies, ganz dem unendlichen Lauschen auf das Leben hingegeben, mußte ich mich aufraffen wie die drei riesigen Kokospalmen an der Südseite des Elternhauses, die sieben Zyklone überstanden hatten …

12

Ich nahm meine letzte Kraft zusammen und lauschte auf das Fluten, mit dem das Keimen meines Lebenswillens schwand und wiederkehrte. Das Zombiegift in meinen Adern lähmte mich schrecklich. Dennoch habe ich mich innerlich aufrichten können. In der schier unerträglichen Luft hörte ich meine schönsten Jahre im heimlichen Wogen des Golfs aufleben. Ich entwich den starren Wänden des Sarges, der Leichenstarre, dem Grauen des Zombietodes, diesem entsetzlich bedrückenden Raum. Ich stürzte mich in die sonnenerfüllte offene Natur Jacmels. Es konnte wie früher sein, in der Kindheit oder reiferen Jugend, wenn ich ausgestreckt auf dem Mosaik des dem Golf zugewandten Balkons lange in Erwartung der geringsten Erschütterungen des Lebens verharrte. Damals fing für mich der Zauber im Garten an. Mein Vater hatte dort als leidenschaftlicher Gärtner der haitianischen und dominikanischen Pflanzenwelt die Landschaft der gesamten Karibik von Kuba bis Trinidad über Puerto Rico, Jamaika, Martinique, Guadeloupe und die gesamte Inselwelt der Kleinen Antillen für uns erblühen lassen wollen. So wuchsen um das Haus herum alle Arten blütentragender Pflanzen, von den bescheidensten bis zu den auffälligsten: Vom Traubenampfer zum Ölbaum, vom Krabbenkraut zur Betelpalme, vom johannisbeerduftenden Zuckerholz zum Baumfarn, vom Heilkraut gegen Kopfweh zum Blumenrohr, vom Sandelholz, von Lorbeer, Amaryllis, Rosen, Orchideen, Bougainvilleen und Rankjasminen, Hibiskus und Zwergpalmen und von den Obstbäumen ganz zu schweigen: Kokospalme, Guajavebaum, Brüstenbaum, Sauersack, Brotbaum, Mango, Granatapfel, Zitronenbaum, Orangenbaum, Avocado, Kirschtanne, Tamarinde und noch viele andere Baumarten, die meine Freunde waren: roter Gummibaum, grauer Baumwollbaum, Ebenholz, Kakteen, Mimose, Zimtapfel, Magnolia, Teufelsdorn, Bergheidelbeere. Die volle Flora karibischer Phantasien war in Reichweite meiner Augen und Hände, von früh bis spät im Dienst ihrer morgendlichen und abendlichen Trunkenheit. Mit diesen Hunderten von Pflanzenarten war unser Garten ein botanisches Fest des ganzen Küstenraums, von der Bergflora angefangen über den Wald bis hin zu den Zierpflanzen. Mit sechzehn Jahren parodierte ich kühn einen surrealistischen Dichter, indem ich seiner Machomythologie eine weibliche Version gab: »All das Wunderliche des Mädchens und was in ihm noch schweift und versprengt ist, es könnte wohl enthalten sein in diesen beiden Silben: Garten.« Alles in mir, die Kindhaftigkeit, die grenzenlose Sinnlichkeit, das haitianische Entzücken, die französische Urwüchsigkeit, meine ganze Lust, auf der Welt zu sein, räkelte sich gemütlich und gefühlvoll am Fuß der Bäume und in den sonnenbeschienenen Hecken unseres Gartens. In den Tagen, als die Sonne zu drückend war, hängte ich mich wie betäubt an die Frische der Lianen, und mein Körper, der schon über jedes Maß hinweg erhitzt war, wurde selber zu der erfrischenden Liane, an der meine glühendsten Träumereien emporklommen. Weich war meinen bloßen Füßen der Rasen, der sich in gleichmäßiger Neigung bis zum Meer hinunterzog! Zart und frisch waren die Mittagsschatten unter den Mangos! In die Düfte des Gartens waren alle meine heranwachsenden Träume eingehüllt! Wie andere ziellos aufbrachen und ihre unstete Lebenswut unterschiedlichen Klimazonen aussetzten, so genügte es mir zu jeder Stunde, in den Garten hinunterzugehen, um die bekömmlichen und freudigen Hochgefühle in der Welt zu erfahren! Ich habe auch das Haus meiner jungen Jahre ausgehorcht und erschritten: Es war ein Traum von einem Anwesen, weder Stadtwohnung noch Landhaus in traditionellem Stil, mit hohen Fenstern in zwei Etagen, verstellbaren Jalousien und schmiedeeisernen Gittern vor den Balkonen. Hinter festungsartigen Mauern lagen prächtige Zimmer voller wohltuendem kreolischem Charme, Stil und Geschmack, hell am Tage und abends von Lampen aus Glas und Bronze mit Pflanzenmotiven erhellt. So war das »Anwesen der Siloés«. Es gab mir dennoch nicht das Gefühl, einen »Herrensitz, eine Art kleines Landschloß« zu bewohnen. Nie habe ich mich als Burgfräulein gefühlt, das am Fenster seines Landsitzes nach einem »Reiter mit weißem Federbusch Ausschau hält, der auf einem schwarzen Pferd heransprengt«. Wenn es aber in den dreißiger Jahren einen Platz auf der Erde gegeben hat, der zugleich wirklich und ideal war, wo man gut leben und sein Leben träumen konnte, so war es dieses Haus, mit seinem Abstand zu den anderen Häusern unterhalb des Platzes zwischen Bel-Air und der Geschäftsstraße am Quai von Jacmel. Vom Erdgeschoß zum Speicher über den Zauber der Treppen und Flure öffneten sich von einem Raum zum anderen die einfachen Türen auf die Unendlichkeit, wie die Fenster auf Garten und Golf. Vom Salon zu den Terrassen, von den Schlafzimmern zum Anrichtezimmer, vom Vorratsraum zum Eßzimmer, von der Waschküche zu den Badezimmern, von der Veranda zur Bibliothek war es wie eine Traumfabrik, die magische Elektrizität erzeugt, die nicht aufhört, die Flut kleiner und großer Geheimnisse, die das Weberschiffchen meiner Neigungen bestimmten und regelten, zu einem ununterbrochenen Strom des Entzückens zu verknüpfen. Allerdings fesselte mich der barocke Zauber des Anwesens, der sich am Mobiliar aus Mahagoni und Spanischem Rohr und im kleinsten dekorativen Objekt aus Elfenbein, Silber, Porzellan oder Opalglas zur Schau stellte, vor allem im Küchenflügel und in den Wirtschaftsräumen. Von meiner Kindheit bis zu meinem neunzehnten Lebensjahr sind diese Ekken wohl die Treffpunkte meiner Phantasien und Launen gewesen. Weniger lockten mich die prächtigen haitianischen Speisen, die dort angerichtet wurden, noch die melancholische Schläfrigkeit, die den Mittags- und Abendmahlzeiten folgte, vielmehr war es die Tatsache, daß dort, im Schein der Holzkohlenöfen, Haiti für mich erst wirklich begann. Dort traf ich Félicie, das Dienstmädchen, das für mich zuständig war, *Sôr* Yaya, die ausgezeichnete Köchin, Meister Mérisier, den Gärtner, Ti-Boucan, den Stall- und Laufburschen, und drei weitere Mädchen, die für das Putzen, Einkaufen und Zubereiten der Süßspeisen und Sorbets oder andere kleine unvorhergesehene Haushaltsarbeiten da waren. Diese sieben bildeten die warmherzige und verläßliche »große eingeborene Sippe« (Mama dixit), die bemüht war, meinen Heißhunger nach dem alltäglich Wunderbaren zu stillen, der mich wie ein organisches Bedürfnis, wie die Begierde zu trinken oder zu schlafen, plötzlich überfiel. So wie sie es sahen, war »Mamzelle« Nana von dem blonden Loa-General Wunderbar besessen. Wenn er ihr zu Kopf stieg, in der Küche oder in der Abgeschiedenheit ihres Schlafzimmers, mußte man alles stehen- und liegenlassen und ihr, wie *Sôr* Yaya sagte, »Tau zu trinken und Madan-*Erzilis* Gras zu essen« geben. Mit den schönen Taggeschichten und den Abendmärchen kam der *Wodu* in mein Leben. Seine Götter, seine Tänze, seine Trommeln hatten keine Geheimnisse für mich bis zu dem Augenblick, an dem einer seiner unzüchtigen, von Geheimbünden gelenkten Falter an meinem Hochzeitstag Zombiegift in die eisgekühlte Limonade schüttete.

13

Während des ganzen für mich verheerenden Sonntags bahnte sich meine an Fabeln reichgezierte Vergangenheit einen Seeweg zu meinem gekenterten Bewußtsein. In dem engen brunnenschwarzen Raum, in dem ich festlag, spulte sich der Strang glücklicher Erinnerungen langsam und vollständig ab und ermunterte mich zu Hoffnung und Wachsamkeit, um das zu erwarten, was die Nacht mir bringen würde. Ich habe es geduldig erwartet, ohne jedes Zeitgefühl, von vagen Erinnerungen mit unklaren Umrissen, dem Geplätscher schwimmender Reminiszenzen getrieben. Nichts kam meiner Verzweiflung zu Hilfe. Es gab nur noch meine Richtung. Mehrmals muß ich das Bewußtsein verloren haben. Bei einer dieser Ruhepausen kam es mir vor, als schabten die Flügeldeckel eines leichenfressenden Insekts an der Mauer des Schweigens. Darauf war mir, als würde über dem Sarg die Erde leichter. Ich hatte mich nicht getäuscht: Der metallische Klang einer Schaufel stieß bald an das Dach meines Käfigs. Ein wenig später bewegte sich der Deckel. Kräftige Arme hoben mich an Schultern und Füßen in die Höhe. Beim jähen Auftauchen in die Frische erstickte ich fast. Ich erkannte drei männliche Gestalten, die um das Grab herumstanden. Außer den beiden, die mich ausgegraben hatten,

hielt sich ein dritter im Hintergrund und starrte mich an. Er schien viel älter als die anderen zu sein. Es war ein stiernackiger Haitianer mit massiger Taille und Schultern. Am Gürtel trug er eine Machete und in der Hand eine lange Peitsche. Er hat dreimal mit dröhnender Stimme meinen Namen gebrüllt, als habe er seine sämtlichen Kräfte in diese Absicht gelegt.
»Hadriana Siloé, Hurendonnerwetter!« brüllte er beim dritten Mal. Er kam ein paar Schritte auf mich zu und kauerte sich neben mich. Dann sah er mich einen Moment lang an, verpaßte mir mit vollem Schwung eine saftige Ohrfeige und setzte sich mit zufriedener Miene auf ein Grab. Er legte meinen Oberkörper über seine Knie und führte eine Flasche an meinen Mund. Eine dicke und stark nach Zitronen schmeckende Flüssigkeit floß zwischen meine noch zusammengebissenen Zähne. Nach einer kurzen Pause gab mir der Mann erneut von dem Gegengift zu trinken. Allmählich durchströmte mich eine starke Wärme, die unten begann, dann erwachte mein ganzer Körper, von sauerstoffreichem Blut durchpulst. Bei den letzten Schlucken der Medizin, die mir der Zombiemacher einflößte, konnte ich die Zunge bewegen.
»Geht es besser, süßes Kätzchen?«
Ich konnte mit dem Kopf nicken. Für einen kurzen Moment hatte ich vergessen, daß ich in den Armen einer Ausgeburt des *Baron-Samedi* lag. Der Geruch nach Mann, nach frischer Erde, nach gewittergeschwängerter Nacht frischten mein Leben auf, das wie ein Segen in mich zurückdrängte.
»Bei einem schönen Happen wie dir wird alles schnell und gut«, sagte er. »Das ist ein Haustrank, den Papa Rosanfer eigens für seinen kleinen guten *Engel* aus Frankreich gemixt hat!«
Dann beugte er sich herab, um den Saum meines Brautkleids zu ergreifen. Er drückte meine Knie auseinander und redete mir dabei mit einer heiseren, heißen Stimme unaufhörlich ins Ohr.
»Von jetzt an wird alles, was im Leben eines weißen Weib-

chens seinen Platz hatte, auf seiner schwarzen Seite sein, mit deinem Familiennamen angefangen: Hadriana Siloé, das paßt nicht zu einem Zombie, da ist zuviel weißes Salz im Namen. Ich taufe dich jetzt: Eolis Anahirdah! Das ist jetzt dein Name als Neger-Gartenfrau für Papa Rosanfer. Ja, der Herr deines zweiten Lebens, das bin ich, Don Rosalvo Rosanfer, großer Neger des Haut-Cap-Rouge vor *Baron-Samedi* dem Ewigen! Eolis, Ti-Lilisse, geliebte Ti-dah, ohohoh! Es steht schon alles in der Sonne da drunten. Unter diesen Schleiern ist Mittag schon vorüber. Ich kehre alles in deinem Leben um, außer, außer ... außer was, was glaubst du? Hast du dein hübsches Züngchen verschluckt? Natürlich, du kannst es dir gar nicht vorstellen ...«

Unterdessen krochen seine Finger krabbenhaft fiebrig meine Schenkel entlang.

»Außer dem!« sagte er und pflanzte grobschlächtig seine Bauernhand auf meine Mandel. »Oh, wie schön, ein Tausendblätterteig in der Hand eines Kräuterdoktors! Sei gegrüßt, erblühte Sonnenblume! Sei gegrüßt, *Baubo* der Königin Erzili-Fréda! Glückwunsch, Madan Rosalvo! Junge, Junge, ohohoh! Die Braut eines *Loa-marassa-blanc* in ihrem Schleier! Matratzenzombie für General Rosanfer! Zwillingsapfel doppelweich, hallo oh!«

Nach diesen lyrischen Ergüssen kam der Mann wieder zu sich. Er gab mir einen freundschaftlichen Klaps auf den Hintern und lehnte mich sanft an einen Grabstein. Danach wandte er sich an seine Begleiter, die sich im Hintergrund gehalten hatten.

»Wir müssen uns beeilen! Es sieht nach Regen aus. Holt schnell die Pferde!«

Als seine Kumpane gegangen waren, schaute der Mann zum Himmel, der immer dunkler wurde, und rief: »Was da auf uns zukommt, ist kein kleiner Mehlschwitzeregen oder eine Mama-laß-mal-Wasser-fallen. Wir werden die Tiere antreiben müssen. Du bist gut im Sattel, nicht wahr?«

Genau dieser Moment war es, als ich mich in meinem inneren Spiegel angesehen habe: »Los jetzt Hadriana!« hat mir die Meerseite meines Wesens gesagt. Ohne den Rest abzuwarten, habe ich mich mit einem Satz erhoben und die Beine, meine sportliche Natur und mein gefährdetes Leben unter die Arme genommen. Es war ein Kinderspiel, Papa Rosanfer zwischen den Gräbern abzuhängen. Ich war noch keine hundert Meter weit gelaufen, als der Regen schon da war: kein kleines Gewitter, sondern der große Wolkenbruch, der Gespiele meiner Kindheit. Ich nutzte den Schutz eines kleinen Mausoleums, um mich von alldem zu befreien, das meine Flucht behinderte: meine Hackenschuhe, Schleier und Brautschleppe. Ich habe mir das Paket um die Taille geschlungen. Ich rannte so schnell ich konnte in den Wasserfall. Ich kannte die Friedhofsgegend wie meine Tasche. Um hinauszugelangen, mied ich Hauptallee und Portal. Ich nahm die schnellste Abkürzung über einen Weg, der zur Klosterschule bei der Petite-Batterie führte. Dort angekommen, habe ich in aller Hast die Straße überquert, um dann über einen anderen Umweg weiterzurennen. Das machte ich mehrmals und näherte mich so Bel-Air. Ich spürte nicht die tödliche Erschöpfung des Alptraums zweier Nächte. Eine tierische Kraft drängte mich unter der Sintflut weiter, die meine Sicht, aber nicht die fixe Idee trübte: Der Zombifikation entkommen. Sollte ich geradewegs nach Hause gehen? Instinktiv dachte ich, daß dies genau der Fehler sei, den ich nicht begehen durfte. Meine Verfolger würden mir dort auflauern oder die verlassene Umgebung des Hauses und Platzes umstellen. Einige Meter vor dem Gefängnis schoß mir ein Gedanke durch den Kopf: Warum nicht hier Zuflucht suchen? Welchen sichereren Unterschlupf gibt es für eine junge Frau, die mitten in der Nacht von einem Trio krimineller Hexer verfolgt wird?
»Halt! Wer da?« brüllte der Wachtposten, als ich näher kam. Sobald er mich in dem Platzregen sah, erkannte er mich. Er stieß einen bestürzten Schrei aus und ließ sein Gewehr fallen.

Mit klappernden Zähnen schloß er das Gitter von innen, ehe er mit den Schlüsseln das Weite suchte. Jetzt schrie ich: »Hilfe! Mörder sind hinter mir her! Macht auf!« Keine Seele rührte sich. Ich bin den langen Hang bis zum Marktplatz hinaufgelaufen. Ich habe mich zwischen den metallenen Streben und Gewölben bis zur Kirche hindurchgeschlängelt, die ich fünfzehn Stunden zuvor mit den Füßen nach vorn verlassen hatte. Ich habe ein Gäßchen genommen, das auf den Haupteingang des Pfarrhauses mündete. Das Tor war zu. Der prasselnde Regen überdeckte meine Rufe. Ich sammelte Steine auf. Ich habe sie vergeblich auf den Balkon und an die Fensterläden von Pater Naélo geworfen. Ich hatte Augen, Nase, Mund, Ohren voll Wasser, als ob ich selber ein Teil des Donners und des Regens wäre. Durch dieselbe Gasse an der Kirche kehrte ich zum Eisernen Markt zurück. Ich stellte mich unter sein Dach, um Atem zu holen. Ich habe an meine Freunde Altamont gedacht: Patrick wohnte bei Mam Dianis Bruder, Onkel Féfé. Über die Rue de l'Eglise war ich in zwei Minuten in der Rue des Bourbons. Wilde Regenböen vertieften den Schatten um mich herum. Ich rückte von Balkon zu Balkon vorwärts und mied die Mitte der Straße. Tot vor Freude betrat ich die Vortreppe des Untersuchungsrichters. Ich habe mich wortwörtlich gegen die Tür geworfen. Mit beiden Fäusten habe ich daran geschlagen. Ich habe einige Minuten gewartet, ohne mit dem Klopfen aufzuhören, umsonst.

14

Danach habe ich bei den meisten Häusern an der Nordseite des Platzes angeklopft, auch an die Eisentore der Präfektur, wo meine Freundinnen Kraft wohnten, und beim Café de l'Etoile, alles vergeblich. Gegenüber bei den Nonnen habe ich Hände voll Kies an die Fenster geworfen, nichts. Ich hätte über die Mauern der Schule klettern und mich an diesem Platz, der mir vertraut war, bis zum Tagesanbruch verstecken können. Lieber wollte ich das Risiko eingehen und den Platz überqueren, um die zweihundert Meter zum Elternhaus zurückzulegen. Am Musikpavillon habe ich angehalten. Ich habe in die Umgebung gespäht, bevor ich den schrägen Regenvorhang durchschritt. Im Nu war ich an der Eingangstür des Anwesens. Atemlos habe ich mit aller Kraft den Klingelknopf gedrückt. Allergrößte Hoffnung erfüllte mich: Ich hörte Stimmen und Schritte auf dem Flur im Erdgeschoß. Ich wartete einige Minuten, während mein Finger am Klingelknopf festhing. Jäh durchstieß ein Blitz die Finsternis des Wassers: Für den Bruchteil einer Sekunde erkannte ich am Ende der Rue d'Orléans die drei Reiter, die wie ein Wirbelwind in meine Richtung heranrasten. Der Schreck verschlug mir den Atem, ich rannte in entgegengesetzter Richtung auf einen engen Durchgang zu, dessen natürliche Stufen am hohen Seitenzaun des Grundstücks entlang steil abstiegen. Hals über Kopf nahm ich vier Stufen auf einmal und hastete bis zur Grand-Rue hinunter. Die überquerte ich pfeilschnell, um den Schutz der Wachtposten am Hauptquartier der Gendarmerie am Chemin-des-Veuves-Echaudées zu suchen. Plötzlich stand ich vor einem der beiden Wachtposten. Bei meinem Anblick fiel der eine im Schilderhäuschen in Ohnmacht, der andere drückte sein Springfieldgewehr ab. Vor lauter Angst zielte er nicht richtig und traf nicht. Vom Gefängnis zur Kaserne hatte der Regen Zeit gehabt, mein gespenstisches Aussehen zu vervollkommnen. Ich habe meinen Lauf beschleunigt. Ich habe die Rue Sainte-Anne vermieden und einen Durchstich genommen, der auf den Strand mündete. Das Meer war wie ein riesiger vom Unwetter gepeitschter tobender Schatten. Sein wildes Dröhnen erstickte den Regen. Ich hätte Geschmack finden können an seinem der Lebenswut so nahen nächtlichen Toben, das jeden meiner freien Schritte einer von den Toten »Wiederauferstandenen« beflügelte. Ich bin auf die Klippen zugegangen: Mit betörender Sinnschärfe sog ich den Salzduft ein und trank einen großen Schluck Wasser, das noch frischer war als das, das weiter auf mich niederprasselte. Am Ufer bin ich geradeaus nach Westen gegangen. Der nasse Sand war nach dem gestampften Boden der Straßen eine Wohltat. Ich ging wie leidenschaftlich verzweifelt und benommen weiter. Es war nicht zu glauben: In weniger als vierundzwanzig Stunden hat mein Leben in Jacmel aufgehört, ein ›Sesam, öffne dich‹ zu sein. Mein Name machte keine Tür mehr auf, nicht einmal mehr die Pforte meines Elternhauses. Man schoß auf mich ohne Anruf. Ich habe bis zu den ersten Steilhängen des Berges La Voûte nur daran gedacht. Ohne müde zu werden, bin ich dort entlanggegangen, wo ich allein oder mit meinen Eltern zu Pferd gewesen war. Die Gegenden des Haut-Gandou, Trou-Mahot und Fond-Melon kannte ich auswendig. Das Unwetter verlor sich in den Lichtflecken, die der anbrechende Tag am Himmel aufriß. Die Pflanzen bekamen Tiefe und hoben sich von den feuchten Schattenmassen ab, während sich das Morgengrau über die Bananen-, Kaffee- und Orangenhaine ausweitete. Immer wieder scheuchten meine Schritte aus dem aufgeweichten Gebüsch am Wegrand Perlhühner, Ringeltauben und Ammern mit noch vom Regen durchweichten Flügeln auf. Bis zum Sonnenaufgang behielt ich das Tempo der weiten Spaziergänge meiner Jugend bei. Ich ging mit den geschmeidigen, ausgreifenden Schritten, dem leicht schaukelnden Gang, den ich seit meinen Kindertagen von den schwarzen Kopfträgerinnen des Jacmeltals angenommen hatte. Ich hatte die feste Absicht, zum Dorf Bainet zu gehen und sofort meine Eltern anzurufen. Sie würden mich über die Autostraße abholen kommen. Das Wichtigste war erreicht: Ich hatte meine Räuber abgeschüttelt. Von diesen ersten Momenten an, in denen ich meine Freiheit als Frau wiedererlangt hatte, spürte ich, daß mich diese Prüfungen tiefer im Leben selbst verwurzelt hatten. Von nun an, in dieser Zukunft, die nach der Erfahrung des Todes mein wichtigster Traum geworden war, werde ich jeden Tag des Lebens, Stunde um Stunde wie auch jede Nacht, hundertmal besser auskosten. Die Vorstellung von Leben und Tod wird meine Existenz beleben und mich offener machen für das Tun und Treiben meiner Mitmenschen. Meine Beziehung zum Meer, zum Himmel, zu den Vögeln, dem Regen, den Bäumen und dem Wind war für immer enger geworden. Mein Sinn für die Wahrnehmung der Menschen und der Tiere hatte sich geschärft. Ich werde meinen weiblichen Impulsen besser folgen können. Allerdings hatte ich an diesem Morgen das Gefühl, daß die natürliche Frau in mir aus diesen Prüfungen zwar besser dafür gewappnet hervorgehen würde, jedem Augenblick des Lebens seinen vollen Wert beizumessen, daß die gesellschaftliche sich jedoch niemals vollkommen davon erholen würde, sich die Fäuste an den Türen wundgeschlagen zu haben. Das Wesentliche war, gesund und heil der Zombifikation entkommen zu sein. Die Stunden körperlicher Anstrengung haben meinem Organismus gutgetan. Ich hatte die Empfindung, daß ein gut Teil des Zombiegiftes und des Gegengiftes, das mich wieder auf die Beine gebracht hatte, weg war. Irgend etwas war in Papa Rosanfers Berechnung schiefgegangen. Es ist ihm nicht gelungen, meinen kleinen guten *Engel* einzufangen. Sollte er ihn mit dem großen guten drallen Engel meines Geschlechts verwechselt haben? Bei diesem Gedanken habe ich aufgelacht. Welch außerordentliche Wonne lag doch darin, einfach in die freie und sonnenvolle Luft des Morgens lachen zu können. Mein Auflachen war so klar, daß es mit dem Kristall einer Bergquelle aus der Erde zu sickern schien. Ihr fließendes Wasser hat mein erniedrigtes und geschundenes Fleisch erfrischt. Am Ausgang einer Bananenpflanzung, an dem Ort Haut-Coq-qui-Chante, war plötzlich an diesem Morgen das Meer zu sehen: dicht und flach, von einem herrlich sauberen Blau, schon besänftigt nach den heftigen Ekstasen der Nacht. Gleichzeitig habe ich auf der Landseite des steilen und im Wind leicht wogenden Ufers die liebliche Ebene von Bainet gesehen, die sich halbmondförmig um eine funkelnde Bucht legte. Wie sah ich bloß in meinem zerfetzten Brautkleid mit den plattgedrückten

Falbeln, der wie ein luftleerer Rettungsring um meine Hüften geschlungenen falschen Schleppe und dem Schleier aus. Der Wulst aus Tüll und Spitzen, der vollgespritzt an meiner Haut klebte, sah in trockenem Zustand schmutzig, trostlos und aufgerollt aus wie ein alter Mullverband. Ich habe versucht, ein wenig Ordnung in meine Zombiestaffage vor meinem ersten Zusammentreffen mit den Lebenden bei Tageslicht zu bringen. Während ich recht und schlecht Toilette machte, erlebte ich eine Überraschung, die vollkommen zu der surrealistischen Verrücktheit meines Abenteuers paßte. In dem Täschchen an meinem Gurt fand ich den Umschlag mit meiner Mitgift. Er enthielt mehrere tausend Dollarnoten mit einer wie eine Vorahnung wirkenden Mitteilung auf der Visitenkarte meines Vaters: »Unserer Nana am Tag ihrer Hochzeit diese Wegzehrung für schlechte Zeiten.« Meine zweite Überraschung war der Empfang der Bewohner von Bainet. An der Spitze der letzten dem Küstendorf vorgelagerten Halbinsel ging ich vorsichtig einen Geröllweg hinunter, der zu einer kleinen seichten Bucht führte. Ich entdeckte bei einem großen, zwischen zwei Felsen festgemachten Segelboot eine Gruppe von Frauen und Männern in einer lebhaften Diskussion. Als sie meine zögernden Schritte auf dem Kies hörten, wurden sie still und beobachteten mich aufmerksam und wohlwollend. Weit davon entfernt, über meine ungewöhnliche Erscheinung erstaunt zu sein, nahmen ihre Gesichter, je näher ich kam, einen immer entzückteren Ausdruck an, als sei mein Aufzug, das zerschlissene Zeugnis des Scheiterns meiner Hochzeit, in ihren Augen die Offenbarung eines faszinierenden Geheimnisses.

»Guten Morgen zusammen«, sagte ich.

»Guten Tag, Euer Hoheit«, antworteten sie im Chor.

»Hättet ihr vielleicht, meine Freunde, bitte, ein bißchen Wasser, ich bin so durstig.«

Ein allgemeines Lachen antwortete auf meine Worte.

»Bloß ein bißchen Wasser?« hat eine der Bäuerinnen gesagt. »Ist denn all dies nicht Eures?«

Mit dem Arm zog sie einen weiten Kreis, der außer der Bucht das Segelboot, den Kokoshain, das Meer und die Sonne des Januartages umschrieb.
Eine junge Frau hielt mir eine Kalebasse mit Wasser entgegen. Als ich sie nahm, schob sie ein untersetzter schelmischer Schwarzer beiseite.
»Kokoswasser wird Euer Hoheit *Simbi-la-Source* guttun!«
Er schwang sich auf einen Kokosbaum am Ufer. Er war schnell in die Baumkrone geklettert und brachte eine Traube Kokosnüsse herunter. Mit einem Machetenschlag köpfte er eine Frucht und gab sie mir nach einer tiefen Verbeugung.
Mit zurückgeworfenem Kopf, den Blick auf die sonnenüberflutete Bucht, ließ ich das frische, duftende, bittersüße Wasser in einer Welle von Trunkenheit in mein Leben strömen. Als ich die Kokosnuß in einem Zug geleert hatte, bot er mir sofort eine andere an, während seine Freunde ein Lied zu meinen Ehren anstimmten:

Simbi-la-Source, wa-yo!
Simbi ist aus ihrem Geheimnis getreten,
um unseren großen Segler zu segnen.
Simbi ist Kopf und Bauch
und das dritte Ufer des Wassers!
Was für eine schöne Frau
ist Simbi-der-Tau, wa-yo!

Der Tod, an dem ich gestorben war, verflüchtigte sich aus meinen Adern. Die Großzügigkeit dieser Menschen gab mir meine Lebensfreude zurück. Jeder Schluck führte meinem Fleisch und meinem Geist die Wahrnehmung der Frau zu, die ein zweites Mal in mir geboren wurde. Nachdem ich mehrere Kokosnüsse leergetrunken hatte und wörtlich trunken war von diesem Lebenswasser, sagte ich: »Ich weiß nicht, wie ich euch danken soll.«
Ich griff nach meinem Täschchen.

»Nein, Ihr schuldet uns nichts. Wohin geht Ihr?« fragte mich ein alter Mann.
»Und ihr?« sagte ich.
»Ein paar von uns gehen nach Jamaika. Die Fahrt dauert kaum anderthalb Tage. Wollt Ihr sie begleiten, Hoheit?«
»Mit Vergnügen, ja, ja, ja, ich fahre mit ihnen, für immer«, habe ich gesagt und machte unter dem Beifall meiner Gastgeber ein paar Tanzschritte auf dem Sand.
So bin ich am frühen Morgen des 3. Februar 1938 in Port Antonio angekommen, nachdem ich beschlossen hatte, alle Brükken zu meiner Vergangenheit in Jacmel abzubrechen. Es war das erste Mal, daß die Einwanderungsbeamten von Jamaika eine junge Weiße in Begleitung der Parias ankommen sahen, die die Haitianer auf der Jagd nach Arbeit schon für die gesamte Karibik waren. Meine Gegenwart brachte die britischen Hafenbeamten in größte Verlegenheit, und so taten sie, als glaubten sie an die Legende, die meine Mitreisenden bei unserer Ankunft verbreitet hatten: Ich war *Simbi-la-Source*. Die Wodugötter hätten mich beauftragt, einer Handvoll Emigranten aus der Gegend von Jacmel das Geleit nach Jamaika zu geben. Göttin oder Hure, ich hätte sowieso auf keiner der Inseln irgendwelche Schwierigkeiten gehabt, eine unbefristete Aufenthaltsgenehmigung zu erhalten. Mehr als ein Diplomatenpaß hatte blonde Haut seinerzeit den Wert eines Visums von Gottes Gnaden. Aber das ist eine ganz andere Geschichte. In diesen Notizen wollte ich lediglich fünfzehn Stunden des falschen Todes einer Frau in Erinnerung rufen, die tödlich verliebt in das Leben ist.

Glossar der haitianischen Begriffe
(Kreolische Sprache)

Agoué-Taroyo: Wodu-Gott, Herr des Meers und seiner Inseln.

»Apo lisa gbadia tâmerra dabô!«: Zauberformel in afrikanischem Dialekt.

Baka: Böser Geist im Dienst der Zauberer.

Banda: Schneller Tanz, der zugleich die Bewegungen des Todes und der Paarung nachahmt.

Baron-Samedi: Der wichtigste Todesgott, der Vater der *guédés* (Todesgeister).

Baubo (oder *Baubotte*): Personifizierte mythische Vulva, die man in Ägypten oder Griechenland genauso wie in Japan oder anderswo findet.

Bizango: Mitglied eines Geheimbundes Schwarzer Magie.

Bokor: Houngan (Priester) des Wodu, der Schwarze Magie betreibt.

Cadavre-Collectif: Moment im *Rada*-Tanz, nach einem *Casser-Tambour*, wo die Menge sich versteift, um einen Leichnam nachzuahmen.

Caraco: Langes Gewand ohne Gürtel, das früher die alten Frauen in Haiti trugen.

Casser-Tambour: Augenblick des Unterbrechens beim Trommeln, der einen Rhythmuswechsel anzeigt und dem Tänzer Gelegenheit zu allen Arten von Improvisationen gibt; nach dem *Casser-Tambour* wird der Tanz lebhafter.

Charles-Oscar: Früherer Innenminister, der für seine Grausamkeit bekannt war und im Karneval eine Teufelsfigur wurde.

Cob: Centime (Hundertster Teil der *Gourde*, der haitianischen Währung, fünf Gourdes sind zur Zeit einen US-Dollar wert.)

Coui: ausgehöhlte Halbkalebasse, die als Gefäß oder Tasse dient.

Damballah-Quèdo: Gott der Quellen und Bäche, nimmt einen erhobenen Rang bei den *Loas* (Geistern) des *Rada*-Kults ein.

Engel: Jedes Individuum trägt nach der Wodu-Metaphysik in sich zwei Kräfte, zwei Seelen: den kleinen guten Engel, und den großen (körperlichen) guten Engel.

Erzählrunden: Zumeist abendliche Versammlungen von Freunden, in deren Verlauf man sich Geschichten, Märchen und Anekdoten erzählt. Die wichtigste Überlieferungsform der karibischen Sklaven, denen erst mit der Gleichberechtigung das Lesen und Schreiben erlaubt war.

Erzili (Erzili-Fréda): Göttin der Liebe und der Schönheit, Wächterin des Süßwassers; man ruft sie mit dem Namen Fréda Toucan-Dahomin an, der manchmal der Mater dolorosa entspricht.

Farandole: eigtl. Fandarole, schneller Paartanz aus der Provence.

Geheimbund: Brüderschaft von Zauberern, oder *secte rouge*, deren Mitglieder verdächtig sind, zusammen durch Zauberei Verbrechen zu begehen.

Geheimnisvolles Haiti, Dt. 1982. Hier werden in der Tat die Geschichte von Polynice und weitere ähnliche Geschehnisse berichtet.

Govi: Krug, in den man einen *Loa* (Geist) steigen läßt, um ihm Fragen zu stellen.

Guédé: Geist des Todes, der bei der Zauberei eine wichtige Rolle spielt.

Hasco: Haitian American Sugar Company, nordamerikanische Gesellschaft für Zuckeranbau.

Houngan: Wodu-Priester, der in einem *houmfort* zelebriert.

Jakob der Ältere, der Große (Sankt): Im Wodu dem *Loa* Ogou gleichgestellt, Schutzheiliger der Schmiede, Gott der Heere.

Lambi: Weichtier, dessen Muschel als Signalhorn verwendet wird.

Loa: Übernatürliches Wesen im Wodu; mehr als ein Gott oder eine Gottheit ist ein *Loa* tatsächlich ein guter und böser Geist.

Loa-marassa-blanc: Zwillingsgötter.

Madan: Madame.

Madan-Francis: Eine fleischreiche, saftige, sehr beliebte Mangoart, ähnlich der *Papaya* in den spanischsprachigen Ländern, die zur Bezeichnung des weiblichen Geschlechts dient.

Makandal (François): Berühmter Anführer der aufständischen Schwarzen im 18. Jahrhundert; ein *makandal* ist auch ein Talisman.

Mambo: Wodu-Priesterin

Marine-corps: US-Marine-Infanterist

Meyer: Sommerfrische bei Jacmel

Nago-grand-coup: Rhythmus eines Kriegstanzes mit wellenförmigen Bewegungen, wobei die Hände auf den Knien liegen, und Vorwärts-

und Rückwärtsfiguren, als wolle man den Oberkörper an einem Hindernis brechen.

Quidah: Strand von Benin, wo menschliches »Ebenholz« zur Zeit des atlantischen Sklavenhandels verladen wurde.

Papadocus (Homo): Pap-Doc-Mensch (François Duvalier, Tyrann von Haiti von 1957 bis 1971), dessen bekannteste Variation der *Tonton-Macoute* ist, der »Schwarze Mann« der Miliz des Regimes, Art tropischer SS.

Pferd: Jede Person, die von einem Loa (Geist) geritten, d.h. besessen wird. Untersteht diesem für die Dauer einer Zeremonie bzw. eines Trance-Zustandes.

Price-Mars, Jean: Haitianischer Autor, 1876-1967. Sein Buch *So sprach der Onkel. Ethnographische Essays* (Port-au-Prince 1928, New York 1954) gilt als einer der ersten wichtigen Versuche einer Kulturanthropologie.

Rabordaille: Schneller Karnevalstanz, der begleitet wird vom Schlag einer kleinen zylindrischen Trommel mit zwei Fellen.

Rada: Bezeichnet eine große Götterfamilie und das ihnen zugehörige Ritual (Wort, das aus der Ortschaft Allada in Benin stammt).

Rotaugen: Sekten (mit roten Augen), die sich Zauberpraktiken hingeben (zobop, bizango, vlanbidingue, cochon-sans-poil, galipote, bossou, voltigeurs).

Simbi (oder Simbi-la-Source): weißer *Loa*, Gottheit des Regens und der Schönheit.

Sôr: Schwester

Vaccine: Instrument der Volksmusik. Aus Metall oder einer Kalebasse.

Vertières: Am 18. November 1803, an einem Ort namens Vertières in Haitis Norden, kapitulierte General Donatien Rochambeau, Chef des französischen Expeditionskorps, vor den Befreiungstruppen des haitianischen Generals Jean-Jacques Dessalines; es war das erste Dien Bien Phu der Geschichte der Kolonisation.

Vevé: Symbol, das die Attribute eines *Loa* darstellt, mit Weizen- oder Maismehl auf den Boden gezeichnet.

Wanga: Zauber, Hexerei, magische Waffe; tatsächlich die Gegenstände und Substanzen, die mit einer (übernatürlichen) schädlichen oder bekömmlichen Eigenschaft versehen sind, eingesetzt, um Böses oder Gutes zu tun.

Wodu: Volksreligion in Haiti, entstanden aus der Vermischung von Riten, die aus dem Afrika südlich der Sahara stammen, und katholischen Glaubensinhalten. Ein ländlicher Kultus, der im haitianischen Leben dieselbe Rolle spielt wie die heidnischen Kulte in den antiken Kulturen; beinhaltet eine reiche Mythologie.

Yanvalou-dos-bas: Schneller und fröhlicher Tanz, bei dem der Körper nach vorne gebeugt wird, die Hände auf den gebeugten Knien liegen, begleitet vom Schütteln der Schultern.

Nachwort

1

»Depestres Erotik: alle Frauen sind dermaßen sexuell aufgeladen, daß sogar die Straßenlaternen sich die Hälse nach ihnen verdrehen. Und die Männer sind so lüstern, daß sie überall zur Paarung bereit sind: auf einer wissenschaftlichen Konferenz, im Operationssaal, in einer Weltraumkapsel, auf dem Trapez ... Aber Depestre ist ein echter Dichter oder, um es auf karibische Art zu sagen, ein wahrer Meister des Wunderbaren, und es ist ihm gelungen, auf der existentiellen Landkarte des Menschlichen eine Region zu markieren, die vor ihm noch niemand kartographiert hat: die bisher unerreichte Grenze einer ebenso glücklichen wie naiven Erotik, die unmögliche Grenze einer ebenso zügellosen wie paradiesischen Sexualität.«

Milan Kundera

Mit diesen Sätzen bekennt der in Paris lebende tschechische Romancier Milan Kundera seine Wahlverwandtschaft mit einem Dichter, der in jeder Hinsicht, geographisch, kulturell und politisch, von den Antipoden stammt. Milan Kundera ist ein überzeugter Mitteleuropäer, dessen geistiger Horizont das einstige Habsburgreich umfaßt, von Prag und Bratislava bis Budapest und Wien, während René Depestre von der Karibikinsel Haiti stammt; beide wurden, in je unterschiedlicher Weise, durch ihre Begegnungen mit dem französischen Surrealismus *und* mit dem modernen Totalitarismus geprägt; beide haben, als literarische Fellow-Traveller, kommunistischen Parteien angehört und ihre ideologischen Illusionen mit dem Exodus ins Exil bezahlt, das ihnen zur zweiten Heimat geworden ist; und beide haben den Bruch mit ihrer marxistischen Vergangenheit nicht im Medium der Politik, sondern der Ästhetik vollzogen. Wer will, kann die Parallele noch weiter ziehen: Milan Kundera wuchs im Machtbereich der Sowjetunion auf, deren Truppen zweimal, im Mai 1945 und im August 1968, die Tschechoslowakei okkupierten;

Haiti dagegen, das Heimatland von René Depestre, war von 1915 bis 1934 von US-Marines besetzt. Spätestens an diesem Punkt verliert die Gleichsetzung von östlicher und westlicher Welt ihren Sinn.

2

René Depestre wurde 1926 in Jacmel geboren, einer Hochburg der wohlhabenden und gebildeten Mulattenbourgeoisie, die der schwarze Diktator »Papa Doc« Duvalier später entmachten und grausam dezimieren ließ. Die an der Südküste Haitis gelegene Hafenstadt war damals ein Zentrum des Kaffee-Exports und wurde von internationalen Schiffahrtslinien angelaufen, die Jacmel mit Puerto Rico und Kingston, Hamburg und New York verbanden. 1915 hatten US-Marinetruppen Haiti besetzt, um die bürgerkriegsähnlichen Zustände zu beenden – das Land hatte eine Periode extremer Instabilität mit ständigen Regierungswechseln hinter sich. In Wahrheit ging es Washington darum, Haiti amerikanischen Interessen dienstbar zu machen und den Einfluß deutscher Kaufleute zurückzudrängen, der in der Zeit vor dem Ersten Weltkrieg dominierend geworden war. Obwohl die Besatzungsmacht Straßen, Schulen und Krankenhäuser bauen und das korrupte Finanzsystem reformieren ließ, ist die US-Okkupation auf Haiti, das 1804 als erstes Land Lateinamerikas seine Unabhängigkeit erkämpft hatte, bis heute in unguter Erinnerung. Die ländliche Bevölkerung setzte sich mit Waffengewalt gegen die Zwangsrekrutierung zum Straßenbau zur Wehr, und aus Protest gegen rassistische Übergriffe von US-Marines traten Arbeiter, Schüler und Studenten in den Streik. Unter dem Druck der Fremdherrschaft besann sich die traditionell an Frankreich orientierte, intellektuelle Oberschicht auf die afrikanischen Wurzeln ihrer ethnischen Identität. »Indigenismus« hieß diese kulturelle Renaissance, der das Denken und Empfinden des jungen Depestre, ähnlich wie das seines

Freundes und späteren Erzfeinds Papa Doc, wichtige Impulse verdankt.

3

Depestre stammte aus bescheidenen Verhältnissen: sein Vater arbeitete in einer Apotheke, seine Mutter als Näherin; im Mittelpunkt seiner Kindheitserinnerungen steht die *Singer*-Nähmaschine, der er ein langes Gedicht gewidmet hat. Depestres erster Lehrer, ein Pater aus der Bretagne, weckte sein Interesse für französische Literatur: schon früh begeisterte er sich für die Romane von Jules Verne und die Novellen von Maupassant und Daudet; später kamen Victor Hugo, Flaubert und Zola hinzu. Der kleine René verbrachte die Ferien bei seiner Großmutter auf dem Land; hier lernte er die mündliche Überlieferung kennen mit ihren Märchen, Fabeln und phantastischen Geschichten, aus denen sich Haitis kreolische Folklore bis heute speist, und hier machte er schon als Kind Bekanntschaft mit der Volksreligion des Voodoo, dessen Riten und Rhythmen an Bord der Sklavenschiffe aus Westafrika in die Karibik gelangt waren. René Depestres Vater starb 1934; zur gleichen Zeit zogen die US-Marines, nach fast zwanzigjähriger Besetzung der Insel, aus Port-au-Prince ab, wo der Schriftsteller und Ethnologe Jacques Roumain die kommunistische Partei Haitis gründete.
Nach dem Tod seines Vaters kehrte René Depestre nach Jacmel zurück, von wo er sechs Jahre später, mit 14, endgültig nach Port-au-Prince übersiedelte. Hier besuchte er das renommierte Lycée Pétion und entdeckte die französische Literatur der Gegenwart: André Malraux, Roger Martin du Gard und François Mauriac, aber auch nordamerikanische Autoren wie Faulkner, Hemingway und den schwarzen Dichter Langston Hughes, der seine ersten Schreibversuche beeinflußte. 1942 kam der kubanische Schriftsteller Alejo Carpentier nach Port-au-Prince und hielt einen vielbeachteten Vortrag über die Poe-

tik des »real maravilloso«, der »wunderbaren Wirklichkeit« Lateinamerikas, die er in seiner Novelle »Das Reich von dieser Welt« (BS 422) literarisch exemplifiziert hat: Haitis phantastisch anmutende Geschichte – vom Sklavenaufstand 1791 bis zur Herrschaft des »Negerkönigs« Christophe – diente ihm dabei als Regel und Beispiel zugleich. 1944 hielt sich der farbige Dichter Aimé Césaire, Herausgeber der Zeitschrift »Tropiques« und Autor des poetischen Manifests »Cahier d'un retour au pays natal«, für längere Zeit in Haiti auf, um hier die Ideen der »Négritude« zu propagieren, die er zusammen mit Leopold Senghor in Paris entwickelt hatte. Und als sei es damit noch nicht genug, besuchte der Wortführer der französischen Surrealisten, André Breton, Anfang 1945 Port-au-Prince und löste mit seinem Aufruf zur Freisetzung künstlerischer Phantasie unter der im Kino »Rex« versammelten haitianischen Intelligenz eine politische Kettenreaktion aus, die zuerst zum Generalstreik und schließlich zum Rücktritt der Regierung Lescot führte – die einzige surrealistische Revolution, die diesen Namen wirklich verdient. Sprachrohr der allgemeinen Unzufriedenheit war der neunzehnjährige René Depestre, der kurz zuvor im Staatsverlag »Imprimerie Nationale« seinen ersten Lyrikband, »Étincelles« (Funken), veröffentlicht hatte und zusammen mit seinem Mitstreiter Jacques Stéphen Alexis die Literaturzeitschrift »La Ruche« (Die Wabe) herausgab, Plattform des kulturrevolutionären Protests gegen die mit auswärtigen Mächten verbündete, erstarrte und verkalkte Kolonialbourgeoisie.

Die Parallelen mit dem Pariser Mai und der Studentenrevolte von 1968 liegen auf der Hand. Depestre war erst zwanzig Jahre alt, als Haitis neugewählter Präsident Estimé die Zeitschrift »La Ruche« verbieten und ihn des Landes verweisen ließ – vorher hatten die Behörden ihn als gefährlichen Aufwiegler ins Gefängnis gesteckt, aus dem er nur durch Intervention der amerikanischen Botschaft freigekommen war.

4

Als er im Herbst 1946 in Paris eintraf, wurde der junge Dichter aus Haiti von André Breton und Blaise Cendrars mit offenen Armen empfangen und von kommunistischen Schriftstellern wie Aragon und Éluard als Vorkämpfer der vom Kolonialismus unterdrückten Völker gefeiert. Auch Jean-Paul Sartre und Albert Camus nahmen sich seiner an. Nach kurzer Bedenkzeit trat René Depestre unter dem Einfluß seines Freundes Aimé Césaire in die KPF ein. Anstatt Gedichte zu schreiben, studierte er politische Theorie, Ökonomie und Philosophie und wurde zum eifrigen Propagandisten des Marxismus, den er sich, mit dem Fleiß des Frischkonvertierten, gründlich aneignete. Nach eigenem Bekunden ist René Depestre der einzige haitianische Intellektuelle, der »Das Kapital« von Anfang bis Ende gelesen hat.

1950 wurde er von der Fremdenpolizei aus Frankreich abgeschoben, nicht wegen seines Engagements für die KPF, die mit Millionen von Mitgliedern im Zenit ihres Erfolges stand, sondern wegen seines Status als unerwünschter Ausländer: durch seine antikolonialen Aktivitäten, so hieß es, schade Depestre Frankreichs politischen Interessen in Übersee. Er mußte Paris überstürzt verlassen und hatte nicht einmal genug Zeit, seine Manuskripte zusammenzupacken. Damit begann ein Exil, das ihn in einer jahrzehntelangen Odyssee rund um die Welt führen sollte.

Durch Vermittlung von Paul Éluard fand Depestre Zuflucht in Prag, in einer für die tschechoslowakischen Intellektuellen äußerst kritischen Situation. Es war die Zeit des stalinistischen Terrors gegen Slansky und andere »Abweichler«, die in Schauprozessen als Agenten ausländischer Geheimdienste »entlarvt« wurden. Auch René Depestre wurde in die Auseinandersetzungen hineingezogen: Man beschuldigte seine jüdische Frau, die er an der Sorbonne kennengelernt hatte, eine Agentin des internationalen Zionismus zu sein: es hieß, sie habe ihn nur geheiratet, um in der ČSSR spionieren zu können. 1951 wurde René Depestres Gedicht »Verabredet mit dem Leben« auf den Weltjugendfestspielen in Ostberlin prämiert; gleichzeitig wurde seine Frau verhaftet und kam nur durch Intervention von Jorge Amado, der Depestre als Sekretär angestellt hatte, wieder frei; der Stalinpreisträger Jorge Amado hatte gute Beziehungen zur Sowjetunion.

5

1952 verließ René Depestre Prag und fuhr mit dem Schiff nach Havanna, wo er nach der Landung festgenommen und beschuldigt wurde, ein Sowjetspion zu sein, der über die Tschechoslowakei nach Kuba eingeschleust werden sollte. Auf Befehl des Diktators Batista wurde Depestre nach Frankreich deportiert, von wo man ihn wegen illegaler Einreise über die Grenze abschob. In Österreich traf er Jorge Amado und Pablo Neruda wieder, der ihn als Sekretär anstellte und ihm die Überfahrt nach Santiago de Chile ermöglichte, wo René Depestre im Auftrag von Neruda den kontinentalen Kulturkongreß vorbereitete. Weitere Stationen des Exils waren Buenos Aires, wo er Borges begegnete, und Saõ Paulo, wo Jorge Amado ihn in die brasilianische Literaturszene einführte. Da ihm seine Gedichte nicht genug Geld einbrachten, verdiente Depestre seinen Lebensunterhalt durch Französischunterricht; nebenher lernte er Spanisch und Portugiesisch.
Nach Chruschtschows Offenlegung von Stalins Verbrechen auf dem XX. Parteitag der KPdSU distanzierte sich René Depestre in der Zeitschrift »Les Lettres Nouvelles« vehement vom Stalinismus, ohne deshalb mit seiner kommunistischen Vergangenheit zu brechen: eine Haltung, die er bis Ende der 70er Jahre beibehielt, obwohl er den Glauben an die alleinseligmachende Partei längst verloren hatte. Ende 1957 kehrte Depestre, nach elfjährigem Exil, in seine haitianische Heimat zurück, wo sein früherer Freund Dr. François Duvalier kurz zuvor zum

Staatschef gewählt worden war. Der Präsident bot ihm einen Posten in der neuen Regierung an; René Depestre lehnte dankend ab, obwohl es lebensgefährlich war, zu Papa Doc nein zu sagen. Der Diktator stellte ihn unter Hausarrest: Auf der schwarzen Liste der Geheimpolizei »Tontons Macoutes« stand der Name Depestre obenan. Im Januar 1959, eine Woche nach Fidel Castros triumphalem Einzug in Havanna, veröffentlichte er in der regierungsnahen Zeitung »Le Nouvelliste« einen Kommentar, in dem er den Sieg der kubanischen Revolution als historisches Fanal für die Befreiung Lateinamerikas bezeichnete. Castros Botschafter in Port-au-Prince übermittelte ihm daraufhin eine Einladung nach Kuba, der Depestre nur unter Schwierigkeiten nachkommen konnte. Er teilte Papa Doc mit, die Universität Havanna habe ihn zu einem Kongreß über Fragen der Poesie eingeladen. Haitis Regierung gab ihm einen »Tonton Macoute« als Aufpasser mit auf den Weg, der nach der Landung festgenommen und postwendend nach Port-au-Prince zurückgeschickt wurde. Ernesto »Che« Guevara erwartete ihn am Flughafen, und noch am gleichen Abend erörterte René Depestre mit dem Partisanenführer die Risiken und Chancen des Guerillakampfes auf der Nachbarinsel Hispaniola. Erst nach mehreren, blutig gescheiterten Invasionsversuchen in Haiti und der Dominikanischen Republik wurden diese Pläne *ad acta* gelegt, aber René Depestre blieb fast zwanzig Jahre in Kuba, dessen revolutionärer Aufbruch, jenseits von Sowjetkommunismus und *American Way of Life*, eine Hoffnung verkörperte, die sich erst später als Illusion erwies. Nach einer Ausbildung zum Guerillakämpfer arbeitete René Depestre in dem von Alejo Carpentier geleiteten Staatsverlag *Editorial Nacional* und gab eine Lyrikanthologie und die Romane von Kafka heraus. Als Korrespondent der kubanischen Nachrichtenagentur *Prensa Latina* reiste er durch die Sowjetunion, wo er seinen literarischen Mitstreiter und politischen Konkurrenten Jacques Stéphen Alexis wiedersah, der 1961 bei einem Landungsversuch in Haiti ums Leben kommen sollte, und besuchte China und Vietnam, wo er mit Mao Tse-tung, Tschou En-lai und Ho Chi Minh konferierte. Nach der Scheidung von seiner ersten Frau heiratete Depestre eine Kubanerin und veröffentlichte das Poem »Un arc-en-ciel pour l'occident chrétien« (Ein Regenbogen für das christliche Abendland), Prosa und Essays im renommierten Verlag Casa de las Américas, bevor er wegen seines Eintretens für den Lyriker Heberto Padilla selbst in Ungnade fiel: Depestre hatte sich geweigert, den wegen kritischer Texte inhaftierten Dichter öffentlich zu verurteilen, und gegen Padillas Ausschluß aus dem Schriftstellerverband gestimmt. Zur Strafe für diese Unbotmäßigkeit wurde er all seiner Funktionen enthoben und konnte jahrelang in Kuba nichts veröffentlichen, bis ihm durch Vermittlung des Generalsekretärs der UNESCO, M'Bow, die Ausreise nach Paris gelang, wo er bis zu seiner Pensionierung 1986 als UNESCO-Beamter arbeitete.

6

In Frankreich fand René Depestre endlich die offizielle Anerkennung, die das Regime von Papa Doc ebenso wie Fidel Castros Kuba ihm vorenthalten hatten: sein Prosaband »Alléluia pour une femme-jardin« (Halleluja für eine Garten-Eden-Frau) wurde mit dem Prix Goncourt für Erzählungen, der Roman »Hadriana in all meinen Träumen« 1988 mit dem angesehenen Prix Renaudot ausgezeichnet. Beide Bücher enthalten ein stark autobiographisches Element; in beiden steht Depestres Geburtsstadt Jacmel im Mittelpunkt als realer und zugleich imaginärer Ort im Sinne einer rückwärtsgewandten Utopie. Der Erzähler träumt sich in seine poetisch verbrämte Kindheit zurück, vor dem politischen Sündenfall und der Vertreibung aus dem tropischen Paradies. Haiti erscheint als panerotisches Universum, wo sich jede(r) mit jedem paart und das ganze Jahr über Karneval gefeiert wird; das Wunderbare gehört hier zum Alltag, und die Magie des Voodoo-Kults mit

seinen lebenden Toten (Zombies) stellt die Naturgesetze *und* die Hierarchie der Gesellschaft auf den Kopf.
Obwohl Haitis erster demokratisch gewählter Präsident Jean-Bertrand Aristide ihn zum Besuch seines Heimatlandes einlud, ist René Depestre aus seinem Altersruhesitz in der Provence nicht nach Haiti zurückgekehrt. Und obwohl er nie der Doktrin des sozialistischen Realismus huldigte, hat er seinen Bruch mit dem real existierenden Sozialismus nicht öffentlich, sondern in aller Stille vollzogen. Anstatt mit der kubanischen Revolution ideologisch abzurechnen, wählte er den eleganteren Weg und arbeitete seine politischen Illusionen literarisch auf, wobei das sexuelle Begehren wie ein Wärmestrom seine Texte durchzieht. Die Anarchie des Erotischen, das sich keinem Diktat von Staat und Partei unterwirft, verbindet das Werk von René Depestre mit dem von Milan Kundera, der den Werdegang seines Antipoden in folgenden Sätzen zusammenfaßt:
»Depestre und die kommunistische Welt: das ist die Begegnung eines ständig erigierten Regenschirms mit einer Maschine zum Nähen von Parteiuniformen ... Beim Lesen seiner Erzählungen kommt mir unser Jahrhundert plötzlich unwahrscheinlich und seltsam irreal vor, so als sei es die Ausgeburt einer schwarzen Dichterphantasie.«

Inhalt

Erster Satz

Zweiter Satz

Dritter Satz

Bibliothek Suhrkamp

Verzeichnis der letzten Nummern

1126 Guido Ceronetti, Teegedanken
1127 Adolf Muschg, Noch ein Wunsch
1128 Forugh Farrochsad, Jene Tage
1129 Julio Cortázar, Unzeiten
1130 Gesualdo Bufalino, Die Lügen der Nacht
1131 Richard Ellmann, Vier Dubliner - Wilde, Yeats, Joyce und Beckett
1132 Gerard Reve, Der vierte Mann
1133 Mercè Rodoreda, Auf der Plaça del Diamant
1134 Francis Ponge, Die Seife
1135 Hans-Georg Gadamer, Über die Verborgenheit der Gesundheit
1136 Wolfgang Hildesheimer, Mozart
1138 Max Frisch, Stich-Worte
1139 Bohumil Hrabal, Ich habe den englischen König bedient
1141 Cees Nooteboom, Die folgende Geschichte
1142 Hermann Hesse, Musik
1143 Paul Celan, Lichtzwang
1144 Isabel Allende, Geschenk für eine Braut
1145 Thomas Bernhard, Frost
1146 Katherine Mansfield, Glück
1147 Giorgos Seferis, Sechs Nächte auf der Akropolis
1148 Gershom Scholem, Alchemie und Kabbala
1149 Max Dauthendey, Die acht Gesichter am Biwasee
1150 Julio Cortázar, Alle lieben Glenda
1151 Isaak Babel, Die Reiterarmee
1152 Hermann Broch, Barbara
1154 Juan Benet, Der Turmbau zu Babel
1155 Bertolt Brecht, Die Dreigroschenoper
1156 Józef Wittlin, Mein Lemberg
1157 Bohumil Hrabal, Reise nach Sondervorschrift
1158 Tankred Dorst, Fernando Krapp hat mir diesen Brief geschrieben
1159 Mori Ōgai, Die Tänzerin
1160 Hans Jonas, Gedanken über Gott
1161 Bertolt Brecht, Gedichte über die Liebe
1162 Clarice Lispector, Aqua viva
1163 Samuel Beckett, Der Ausgestoßene
1164 Friedrike Mayröcker, Das Licht in der Landschaft
1165 Yasunari Kawabata, Die schlafenden Schönen
1166 Marcel Proust, Tage des Lesens
1167 Peter Weiss, Die Verfolgung und Ermordung Jean Paul Marats
1168 Alberto Savinio, Kindheit des Nivasio Dolcemare
1169 Alain Robbe-Grillet, Die blaue Villa in Hongkong
1170 Dolf Sternberger, ›Ich wünschte ein Bürger zu sein‹
1171 Herman Bang, Die vier Teufel
1172 Paul Valéry, Windstriche
1173 Peter Handke, Die Stunde da wir nichts voneinander wußten

1174 Emmanuel Bove, Die Falle
1175 Juan Carlos Onetti, Abschiede
1176 Elisabeth Langgässer, Das Labyrinth
1177 E. M. Cioran, Syllogismen der Bitterkeit
1178 Kenzaburo Oe, Der Fang
1179 Peter Bichsel, Zur Stadt Paris
1180 Zbigniew Herbert, Der Tulpen bitterer Duft
1181 Martin Walser, Ohne einander
1182 Jean Paulhan, Der beflissene Soldat
1183 Rudyard Kipling, Die beste Geschichte der Welt
1184 Elizabeth von Arnim, Der Garten der Kindheit
1185 Marcel Proust, Eine Liebe Swanns
1186 Friedrich Cramer, Gratwanderungen
1187 Juan Goytisolo, Rückforderung des Conde don Julián
1188 Adolfo Bioy Casares, Abenteuer eines Fotografen
1189 Cees Nooteboom, Der Buddha hinter dem Bretterzaun
1190 Gesualdo Bufalino, Mit blinden Argusaugen
1191 Paul Valéry, Monsieur Teste
1192 Harry Mulisch, Das steinerne Brautbett
1193 John Cage, Silence
1194 Antonia S. Byatt, Zucker
1195 Claude Lévi-Strauss, Mythos und Bedeutung
1198 Tschingis Aitmatow, Der weiße Dampfer
1199 Gertrud Kolmar, Susanna
1201 E. M. Cioran, Gedankendämmerung
1202 Gesualdo Bufalino, Klare Verhältnisse
1203 Friedrich Dürrenmatt, Die Ehe des Herrn Mississippi
1204 Alexej Remisow, Die Geräusche der Stadt
1205 Ambrose Bierce, Mein Lieblingsmord
1206 Amos Oz, Herr Levi
1208 Wolfgang Koeppen, Ich bin gern in Venedig warum
1209 Hugo Claus, Jakobs Verlangen
1210 Abraham Sutzkever, Grünes Aquarium/Griner Akwarium
1211 Samuel Beckett, Das letzte Band/Krapp's Last Tape/La dernière bande
1213 Louis Aragon, Der Pariser Bauer
1214 Michel Foucault, Die Hoffräulein
1215 Gertrude Stein, Zarte Knöpfe/Tender Buttons
1216 Hans Mayer, Reden über Deutschland
1217 Alvaro Cunqueiro, Die Chroniken des Kantors
1218 Inger Christensen, Das gemalte Zimmer
1219 Peter Weiss, Das Gespräch der drei Gehenden
1220 Rudyard Kipling, Das neue Dschungelbuch
1222 Martin Walser, Selbstbewußtsein und Ironie
1223 Cees Nooteboom, Das Gesicht des Auges/Het gezicht van het oog
1224 Samuel Beckett, Endspiel/Fin de partie/Endgame
1225 Bernard Shaw, Die wundersame Rache
1226 Else Lasker-Schüler, Der Prinz von Theben
1227 Cesare Pavese, Die einsamen Frauen
1228 Zbigniew Herbert, Stilleben mit Kandare
1229 Marie Luise Kaschnitz, Das Haus der Kindheit

Bibliothek Suhrkamp

Alphabetisches Verzeichnis